黄金日 著

野菊花

北方文艺出版社
·哈尔滨·

图书在版编目（CIP）数据

野菊花 / 黄金日著 . —— 哈尔滨：北方文艺出版社，2024.4
ISBN 978-7-5317-6177-8

Ⅰ. ①野… Ⅱ. ①黄… Ⅲ. ①散文集 – 中国 – 当代 Ⅳ. ①I267

中国国家版本馆 CIP 数据核字 (2024) 第 071648 号

野菊花
YEJUHUA

作　　者 / 黄金日	总 策 划 / 王思宇
责任编辑 / 富翔强	产品经理 / 聂　晶
封面设计 / 王珍珍	版式设计 / 段莉莉

出版发行 / 北方文艺出版社	邮　　编 / 150008
发行电话 / (0451) 86825533	经　　销 / 新华书店
地　　址 / 哈尔滨市南岗区宣庆小区 1 号楼	网　　址 / www.bfwy.com
印　　刷 / 武汉市籍缘印刷厂	开　　本 / 880×1230　1/32
字　　数 / 100 千	印　　张 / 9.75
版　　次 / 2024 年 4 月第 1 版	印　　次 / 2024 年 4 月第 1 次印刷
书　　号 / ISBN 978-7-5317-6177-8	定　　价 / 58.00 元

教育的终极目的是培养孩子面对一丛野菊花而怦然心动的情怀。

　　　　　　　　　　　　　　　——泰戈尔

目 录

第一部分：一起走过的日子

魔法屋里的奇迹 3
"聪明"的老爸 7
野菊花 15
一份来自剑桥的礼物 21
上学记 25
网课，鱼之乐也！ 30
推销员爸爸（一） 36
推销员爸爸（二） 41
玩游戏 47
读书会里的童话 50
风一样的感觉 56
漏水的水龙头 63
打篮球 69
一张纸，两张纸 72
堵车不烦了 77
女儿小学毕业了 81

第二部分：成长从思考开始

一场激烈的争论 91
急不得的人生 97
用力过猛是一种心理病 101
承认吧，你就是一个普通人 106
笑的神奇功效 111
这个世界有奇迹吗 114
书法带来的并非只有益处 118
和无聊告别 122
重复的妙处 125
今天，你变成熟了吗 130
藏起来的聪明人 134
陌生人的秘密 137
获取信息的小窍门 141
努力与回报 146
"躺平"的陷阱 149
年龄的随想 153
旁观者之道 157
追求卓越，从不从众开始 161
人人都是西西弗斯 167
能量、熵和连接 172
活　　着 178
成功的谎言 182

第三部分：带你看世界

乡村的停电往事 189
大自然的呼唤 193
不会说话的朋友 198
今夜景如画 203
桂花开了 206
南方瑞雪的颂歌 211
回不去的故乡 214
憾事三件 219
少年的快乐 227
等咱有了钱 231
迎财神 234
一个小镇的猜谜之旅 238
邻居王大妈 247
捡破烂的赵大爷 251
凡·高的一生 255
"邂逅"笛卡尔 264
厂家代表 272
心系大事的年轻人 279
富兰克林、朗姆酒和面子 285
从另一个视角看《奥本海默》 294
向前走，莫回头 300

第一部分：一起走过的日子

  我有两个孩子，曾经我将几乎所有的精力都放在工作上，我认为一个男人的头等大事是建功立业，为家庭遮风挡雨，有关孩子的事都是家常小事，无足挂齿。直到有一天，我发现我错了。
  于是，在错过儿子的成长期后，我尝试花更多的时间和女儿待在一起，在这个陪伴的过程中，我不但和孩子一起收获了快乐，见证了她的成长，而且，我还惊奇地发现，女儿带给我的东西一点不少，甚至可能比我带给她的更多！

你生命中的一切经历，在将来的某一天都会连接起来，成为美丽的意外。

——乔布斯

第一部分：一起走过的日子

魔法屋里的奇迹

女儿放假有一段时间了，在她的强烈要求下，晚上一起到附近的影院看了一部动画片。本想到里面打个盹，没想到却收获了一份意外的惊喜。

影片讲述的是一个魔法家族的故事。片子的女主角叫米拉贝，和其他的兄弟姐妹相比，不但长相普通，更让她沮丧的是，她也是家里唯一没有魔法天赋的女孩。

作为这个家庭可有可无的边缘人，尽管她竭力在家人面前证明自己，但每逢重要活动，她却是大家——尤其是外婆——防范的对象，由于她没有魔法，大家都担心她将事情搞砸。这个大家庭的家长是外婆，她一言九鼎，有着至高无上的权威，她对家里每一个成员都寄予厚望（除了米拉贝），大家对她的话言听计从，唯恐让她失望。米拉贝和其他人一样，深爱着外婆，深爱着这个家庭，虽然她各方面表现平平，但她一直没有放弃在家人面前表现自己的努力。

机会终于来了。在家族为弟弟举办获得魔法天赋仪式的那个晚上，米拉贝发现自家房子的墙壁、地板竟然出现了很多危险的裂纹，更恐怖的是家庭魔法象征的蜡烛火光微弱到即将熄灭。她赶紧跑到晚会现场将这一发现告知外婆。外婆

• 野菊花

回到房子里面，却发现什么也没发生。米拉贝百口难辩，家人的不理解让她非常伤心。但很快，她的担心得到了证实。不久后的一天晚上，她无意中看到了外婆在暗暗祈祷，祈祷得到死去的外公的庇护，未来自家房子倒塌的命运不会成真。从外婆悲伤的表情，米拉贝看到了外婆内心脆弱的一面。

她从家人含糊其词的只言片语中得知，自己可能是带来危机的罪魁祸首，对此，离家出走的舅舅布鲁诺很多年前就做过预言。米拉贝决定独自去寻找真相。她偷偷爬到家里的密室找到了当年舅舅扔掉的那些预言板碎片，重新拼凑起来后，她在里面看到了将要倒塌的房子和自己的形象。难怪外婆对自己另眼看待，自己果然是家里的灾星。

这天，姐姐的未婚夫来求婚了。外婆也知道了米拉贝去过密室，她让米拉贝不管曾经做过什么，这次不要再添乱了。所有的人都祈祷这天千万别出什么乱子。然而怕什么来什么，求婚现场怪事不断，求婚仪式被迫取消，所有人将这一切怪罪于米拉贝，她成了众矢之的。

一心要拯救家的米拉贝无意中发现了舅舅布鲁诺就藏在家里。于是她千方百计说服舅舅再现一下预言，她不想听任命运的安排，她想从中找到避免厄运的办法。在米拉贝的力劝下，舅舅再次施展了预言魔法。不幸的是从预言板里看到的是一样的结局，家里的房子还是四处出现裂纹了，而且米拉贝赫然在场。舅舅绝望了，正当他要草草结束魔法的时候，

第一部分：一起走过的日子

不愿放弃希望的米拉贝要求舅舅坚持到最后。于是他们在预言板里看到了始料不及的场景，姐姐突然出现了，米拉贝上前和姐姐拥抱在一起，让人意想不到的是蜡烛的火焰变大了，房子的裂纹竟然神奇地消失了，同时看到一只黄色的蝴蝶飞过来……原来米拉贝不但不是危机的制造者，反而是拯救者。

自以为找到解决危机钥匙的米拉贝马上去找姐姐，在费了一番周折后，姐妹两人前嫌尽释，重归于好，姐姐诉说自己这些年为了完美的形象所受的委屈和烦恼，米拉贝这才知道上次的订婚人并不是姐姐真正喜欢的人。外婆看到在米拉贝的影响下，家人们坚守多年的信仰相继发生了动摇，不禁勃然大怒，她怒斥米拉贝，历数她对这个家庭带来的种种伤害，米拉贝也不甘示弱，反过来指责外婆的专横才是灾难的根源。家人间不断扩大的裂痕终于成了压倒房子的最后一根稻草，魔法屋簌簌塌下。

米拉贝不顾一切地爬到正在坍塌的楼顶，想去挽救那支快要熄灭的蜡烛，但是，终究没能如愿。她伤心欲绝地逃离了现场，一个人躲到河边，边流泪边自责。家人们发现米拉贝不见了，遂抛下倒塌的房子，四处寻找米拉贝。最终在河边，外婆找到了她。

两个人坐在河边，彼此终于打开了心扉。外婆坦承困扰她的心结，因为这个家庭的一切——包括魔法和房屋——

5

● 野菊花

来之不易，她太害怕失去了，所以她对每个人的要求苛刻到了完美的地步。在不断加码的压力之下，所有的家庭成员都失去了自我，有的不敢和真正爱的人在一起；有的人勉为其难承担所有的重担，唯恐家人失望；有的怕被人指责带来厄运，选择躲了起来……表面的一团和气下，没有一个成员是真正幸福的。更让她万万没想到的是，正是家庭成员中的隔阂和不理解，才导致魔法屋出现裂痕，才导致其最终倒塌。

外婆最后终于认识到了家中每一个成员都是独一无二的，都是奇迹，家庭最大的财富不是魔法，不是房子，而是家人本身。

影片最后的结局皆大欢喜。魔法屋在镇子居民帮助下又重新建好了，布鲁诺也回归家庭，所有的人又恢复了魔法，更令人激动的是，女主角米拉贝最终也获得了魔法天赋（应该是家人的爱激发的吧），这个家庭成了名副其实的魔法家族。

回家路上，我笑着问女儿有什么观后感，她说每个人应该不屈从于别人的安排，要敢于寻找真正的自我，就像剧中花姐姐一样，谁能想到她还能变出一棵仙人掌呢？

别人的安排？她不会意有所指吧？

"聪明"的老爸

周末,带女儿去郊外放松,临近中午的时候,我们来到附近的一家农家小餐馆,这家餐馆虽然规模不大,但干净整洁,菜肴味道也很对我们的胃口。我和女儿都很喜欢这家馆子,已经成为这里的常客了。

进门后,我们被服务员引到一个十来个平方米的小包房。里面陈设很简单,屋子中间摆放着一张小方桌,围着桌子放了四把靠背椅子,角落里有一个斗柜,看上去有些年头了。桌子每侧都安有一个小抽屉,显然是一个麻将桌,餐桌不够了才临时顶着用的。

菜迟迟没上来。大人们都低头刷起了手机,女儿独自在一旁待着,百无聊赖。

"老爸,你一个人玩手机多没意思,要不我们一起玩个游戏好不好?"

"这么小的地方能玩什么游戏呀?不会让我学猫叫,学狗叫吧?"我抬起头。

"你想哪里去了,我们一起玩个寻宝的游戏好不好?"

" 好啊,怎么玩,说说看。"我环顾四周,这么小的房间,哪有地方藏东西?我一脸困惑。

• 野菊花

一个女服务员端着一盘菜走了进来,她将菜放到桌上后,就转身退了出去。

"你先到门外,等我将你的手机藏好后,喊你进来你就进来,如果你能在菜上全前找到手机,算你赢了,否则就算你输,怎么样?"

"好啊,赌注是什么?"

"你赢了,晚上我陪你看大人的片子,输了,你陪我看动画片,怎么样?公平吧?"

"没问题,一言为定!"我再次扭头瞅了瞅四周。哼,小样,我就不信你能玩出什么花招来!

我头也不回地走出了房间。

几分钟后屋里传来轻快的叫声:"好啦,好啦,你可以进来啦。"

我推开房门,女儿坐在桌旁,笑盈盈地望着我:

"老爸,看你的了!"

"你知道吗?亲爱的女儿,伟大的数学家、哲学家和思想家笛卡尔说过,给他一支笔和一张纸,他能解开这个世界上所有的难题。你爸虽然没有笛卡尔那么伟大,我也要给你一个惊喜。"

"什么惊喜呀,笛卡尔先生?"女儿调皮地朝我做了一个鬼脸。

"我就站在这里,不挪动脚,更不用手翻,就用脑子找出藏起来的手机,你看怎么样?"

"哇，我爸果然厉害，佩服，佩服！"女儿竖起大拇指。

我没有理会她的嘲讽，只是问了一句："游戏可以开始了吗？"

"开始吧，加油！"

我抬起左手，指了指身前的桌子："桌子有四个抽屉，这个太明显了，我聪明的女儿绝对不会将手机藏在这里，所以第一个排除掉。"

"老爸完全正确，继续加油！"

我又转向斜对面的斗柜："不用打开这个柜门，你绝对不会把手机藏在这里，这么说吧，只要是平常用来放东西的地方一律排除掉，对吗？"

"老爸猜对了，既然我要藏起来，一定会藏在认为你找不到的地方，所以这些抽屉和柜子确实不在我的考虑范围，你很棒！"

"好啦，柜子上有一个花瓶，上面插着一束假花，如果掏出假花，倒是可以将手机放进去。"

我用左手托起下巴，自言自语道："手机会不会在花瓶里呢？"

"老爸，'思想者'的形象真的很酷呀——"

"不会，"我斩钉截铁地打断她，"柜子是一个太明显的目标，注意到柜子，一定会注意到花瓶的，虽然上面有花，但是你不会低估我的智商，对吧？所以花瓶也排除掉。"

"老爸好棒，你又猜对了！"

服务员又打开房门端来了一盘菜，我的目光跟着他，只

• 野菊花

见他轻轻地将盘子放在桌子中间,然后转身离开了。

"菜盘子底部中间是凹进去的,藏手机倒是个好地方,不过,每次服务员进来,都会吸引大家的眼光,藏在这里有点冒险,所以盘子底下也排除掉。"

"完全正确,老爸,谜底越来越近了,不过只剩下两道菜了,要加紧啊。"

到底藏在哪里呢?我望着四周空空如也的房子,心里开始有点七上八下起来。

哼,我就不信玩不过一个10岁出头的毛头小孩。

"老爸,其实你可以动动脚,也可以用用手,没关系的,脑子不够用的时候,就别在乎面子了。"

我狠狠地瞪了一下女儿,鹿死谁手还不知道呢,别高兴太早了。

正说着,女服务员端着一盘香喷喷的爆炒鸡丁走了进来——那是女儿的最爱。

"好香,要不我们不玩了吧,先吃饭怎么样?"

"不行,不行,游戏还没结束呢!这不是你的最爱吗?你帮服务员接一下盘子。"

女儿听后,马上站起身来,接过服务员手上的盘子,小心翼翼地放到自己的面前。

"手机不可能放在你的屁股下面,也不可能放在你的鞋子底下——虽然这是你经常玩的把戏(真是很恶心的),从你刚才毫不犹豫地站起来的动作就可以看出这一点,亲爱的女儿,你觉得我说得对吗?"

"你确实说得对,不过只剩下最后一道菜了,你再猜不出来,就要认输了,你现在认输也不丢人,毕竟前面你也猜对了大部分。"女儿俯下身子,闻了闻面前的鸡丁,"好香啊,我真的等不及了。"

我不再吱声,屋子里的空气变得越来越凝重,我仿佛听到了嘀嗒嘀嗒的倒计时声。

宝物藏在哪里呢?我转了转身子,眼光像筛子一样将眼前的一切一遍又一遍过滤。

突然,我猛地一转身,指着左边的墙壁:"就在这里!"

"在哪里?我怎么没看到啊?"

墙壁上有一扇关着的窗户,一侧是一幅收起来的窗帘,那一道道沟状的褶子仿佛在向我眨巴着眼睛。

"就在窗帘后面。"

"窗帘后面是墙壁,怎么——怎么藏东西啊?"女儿有点结巴,脸上掠过一丝慌张的表情——这一切怎么逃得过我的法眼?

"你休想骗我,表面上看窗帘是完全收起来了,其实并没有,窗台的一角被遮住了,手机就放在那里。一般人认为窗帘后面是墙壁,没法放东西,窗台也一览无遗,但是答案就藏在细节里。亲爱的女儿,你觉得我说得对吗?"

话音刚落,最后一道菜摆上了桌子——我百吃不厌的番茄炒蛋,老板拍胸脯说是自家鸡下的蛋,听多了不信好像

11

- 野菊花

有点儿对不起他似的。

"手机藏在窗帘后面的窗台上,对不对?"

"对,对,游戏结束了,开饭喽!"

女儿急不可耐地拿起筷子,伸向她垂涎已久的爆炒鸡丁。看着她狼吞虎咽的样子,我得意地问她:

"服不服?"

"服,服,口服心服,简直是笛卡尔再世!"

我一边往嘴里扒拉着饭菜,一边饶有兴趣地给她讲起了三门问题的汽车和山羊。女儿连说听不懂,"你还是讲自己的亲身体验吧。"

于是,我神采飞扬地讲起了一次"辉煌"的经历。

我有一次到东南亚玩,在澳门转机的时候,导游安排旅行团到澳门一个赌场参观,在个把小时的时间里,我将6000多元的旅费全部赚了回来。

女儿一边嚼着鸡丁,一边好奇地问我怎么赚的。

我得意地说:"很简单呀,就像今天一样凭脑子,赌场老板是赚大多数赌客的钱,别人怎么做,反着做就行,秘诀就这么简单。"

"佩服,佩服,"女儿笑着说,"真是聪明的老爸呀!"

我夹了一片番茄:

"哪里,哪里,比笛卡尔差远了,也就和福尔摩斯差不多吧。"

"对了,老爸,你好像忘了取手机。"

哎呀,光顾着吹牛了。我站起身来,迈着轻快的脚步——确切地说,是舞步——嘴里哼着小曲儿,屁股一扭一扭地朝窗户走去。

我一把抓住窗帘的一边,边扯口里还念念有词:

"当——当——当——当——"

然而,窗台上空无一物——我一下子怔住了。

怎么可能,不会吧?我脑子飞速地旋转。

问题出在哪里呢?难道女儿作弊了?可是她也没离开座位呀。

"怎么啦,爸爸?手机不在那里吗?"

"你……你……老实说,手机到底藏在哪里了?"我有点气急败坏地指着她的鼻子说。

"不就在那里吗?这就怪了,难不成贝叶斯公式、条件概率,反其道而行,统统不灵了?不可能吧?"女儿一脸坏笑。

我看了看四周,屋里除了一个柜子,一张桌子,几盘菜,几把椅子,一个花瓶,什么也没有,到底藏在哪里呢?

我真的有点蒙了。

"老爸,你要认输吗?"

"我认输,我认输,不过你不能作弊,作弊的话就不算数。"

"老爸,你真的猜对了,我也以为你猜对了,谁叫你这么聪明呢?不过,你比我还是差那么一点点——对,也就一点点。"

"你什么意思? 别耍嘴皮子了,告诉我到底藏在哪里了!"

- 野菊花

"手机确实藏在窗帘后面的窗户里,你都猜对了,你再仔细瞧瞧。"

"没有啊!"我睁大了眼睛,眼珠子都要蹦出来了。

"打开窗户。"女儿笑着说。

我猛地拉开窗户,我那部苹果手机,静静地躺在一指宽的窗户外沿上,反射的白光,刺进我的眼睛,仿佛嘲笑我是个笨蛋。毫无默契的家伙,我突然觉得家里那只成天"汪汪"叫的狗子不那么讨厌了。

"你作弊,作弊,不算数!"我气急败坏地嚷道。

"老爸不要耍赖啊。你说说看,我怎么作弊啦?"

"你,你把手机藏在屋外了,这是作弊!"

"老爸,谁规定手机不能放在屋外了,是你自己想象的吧?我为什么就不能把手机藏在屋外,你说说。"

我一时语塞,可不,是我潜意识中给自己画了一个圈,一个不可以逾越的圈。

"那我也基本猜对了,手机确实藏在窗台上,只不过是窗里和窗外的区别而已。"

"老爸,你认为99摄氏度的水和100摄氏度的开水,区别仅仅是1摄氏度的温差吗?"

我无言以对。

好吧,今晚就看动画片。《围棋少年》里的江流儿其实我也蛮喜欢的,风流倜傥又才智过人。

第一部分：一起走过的日子

野菊花

一次回老家看望老爷子，途中女儿突然提出一个要求，说想顺路去看望一位室友。她一边将地址发给我，一边连声说真的不远。见我没吱声，她又强调自己的作业头天晚上就做完了，不会耽误事。我看了看导航，只需绕行20多公里路，犹豫片刻后，我最终还是答应了回程的时候送她去一趟。

老爷子身体很好，虽然年事已高，但精神矍铄。中午和他一起吃了个便饭，聊了聊家常，每次过程都差不多，按下不表。正事完结后，已是下午三点多，我们一行就按导航的指引直奔孩子室友家。

我不知道女儿为什么一定要去室友家，次日不都要返校了，有这个必要吗？心里虽然这么想，但口里却未说出来。就当是给她放个小假吧，难得她主动提出学习以外的活动。我宁愿她在外面无所事事地逛，也不愿意她回家将自个儿关在牢笼里，我知道，只要一回家，她就与世隔绝了。

每到周五，从到家那一刻起（下午五点左右），女儿就一头钻进了书房。开始的时候，我还会催她早点出来吃饭，说饭菜都凉了，后来叫的次数多了，明白没有什么效果，便不再唠叨，只是在餐厅边刷着手机边等着，房子里只要传出

• 野菊花

一点动静，明知徒劳无功，但还要心存侥幸："做完了？""没有，我找一下尺子"或者"我找一下课本"，反正永远得不到我想要的回答。

直到八点多钟，女儿才满脸倦容地走出来。这才完成一两门作业，语文、数学、物理、英语……门门七八张卷子，早着呢。吃饭时，偶尔我也会小心翼翼地说："女儿，学习是一辈子的事，没必要这么拼。"女儿想都没想，就将我怼了回去："你想让老师再'问候'你吗？"我一下子不吱声了。暑假让女儿到杭州、云南玩了十几天，结果开学第一天便遇到了"摸底考"，女儿成绩掉得很厉害，老师的"关心"就来了："是不是暑假光顾着玩了？其他人都在复习、预习呢！"别提女儿听后的反应，我这个家长脸上也火辣辣的。

到了初中，除了期中、期末考试，每个月都会有所谓的"月考"，每次考试表面上不公开排名，其实老师还是会私下里将成绩发给每个家长，"孩子得努力了，你看掉了两名了。""是不是家长有点放松了，这可不行啊！"这些话就像抽着陀螺的鞭子，家长和孩子只能一直转啊，转啊……

做完学校布置的作业，这只是第一步，后面还要到市区参加各种培优课，家长群里天天最热门的交流话题，永远是哪个机构的老师厉害，培优效果好。孩子开始一口气报了三门课，从上午十点一直上到晚上八点，晚上回家的时候已经是九点多了，怕孩子饿，我一般是用保温桶盛好饭菜在外面等着。培优的效果并不好，说句不好听的话，很多老师都是江湖骗子，自己当年大学都没考上，弄了个自考文凭包装了一下，"上进"的家长们也信，一个愿打一个愿挨，没办法。数学越培越差，我问女儿培优课老师讲的啥，女儿说都是没学过的内容。我一下子明白了，所谓的培优，就是将孩子没学过的内容提前讲了一遍，孩子似懂非懂，还真以为老师有水平呢。

在我的坚决要求下，女儿才不情不愿地停了毫无效果的数学培优课。为了让女儿紧张的弦稍微松一下，我给女儿买了一个平衡车。刚见到平衡车的时候，女儿很兴奋，我们两个先是在家里玩，后来嫌空间小了，便到小区的小广场玩，每次玩得正高兴的时候，女儿会突然来一句"老爸，你自个儿玩吧，我还有作业没做呢"，然后就留下一个老男人和一帮四五岁的幼童在疯癫。

不光是女儿忙，上高中的侄子更忙。原来两家的孩子隔一段时间还能见见面，到后来，哪怕是两家住同一个城区，半年也难得碰个面，我也不敢去打扰他，怕影响他学习。有次参加一个展览会，路过一个无人机的展位，只见一台无人机在空中做着各种姿势，或悬停，或旋转，或翻跟头，姿势那个绝了，飞机飞速俯冲，从观众头上掠过，画了一道优美的弧线，最后稳稳停在柜台，在场的观众不约而同发出惊叹声。

● 野菊花

　　我一下子心动了，便买了两台，一台给女儿，一台给侄子。特意在周末，说服女儿一起去看看她的哥哥。果然侄子很忙，也没时间一起吃饭，我便约他在他家附近的一个公园见面，强调给他买了个无人机，可以和妹妹一起玩。我们等了很久，侄子才来。因为第一次玩，两个孩子都怕飞机失控，他们都说先让我演示一下。于是，我便一个人下场，他们两个并排坐在亭子里，看我玩戏法。

　　我也不会玩，只能硬着头皮鼓捣。显然，我高估了自己的水平，没一会儿，飞机越飞越高，越飞越远，最后消失在公园旁边的树林里。半个小时后，我垂头丧气地回来，两个孩子还坐在那里，面无表情，看得出来，没怎么说话——早就没了十岁前的亲热劲儿。我不好意思地说，我将飞机弄丢了，结果他们两人只是回了个"啊？怎么这样？"然后就又沉默了……

　　"二伯，我要回家了，下午还要返校。"
　　"好吧，好吧，除了学习，也要注意休息、放松一下。"
　　"好的，好的，再见。"
　　看着侄子耷拉着肩膀、无精打采走远的身影，我不敢相信这是那个曾经骑着自行车和妹妹你追我赶，意气风发的阳光少年。

　　女儿有次语文考了第一，我很高兴，我问她是因为哪块考得好，她回答是作文，还说老师让她在全班分享经验。我好奇地问她，当时是怎么发言的，女儿说，她告诉大家，因为她读了很多书，王尔德的童话，格林童话、伊索寓言等一大堆书是她的最爱，这些书给了她灵感。其实，我知道这都是过去时了。那些书早就堆在墙角里，积满了灰尘，正准备当成废品卖掉。前些日子，我将它们翻了出来。天哪，我小时候怎么没有机会看到这些书？原来除了安徒生的《卖火柴的小女孩》，还有《柳林风声》《夜莺与玫瑰》《绿野仙踪》这些珍宝！如今这些童话书成了我的睡前催眠书，女儿的床头则堆满了课本和作业。

培优课没那么多了，周末我便能挤出一点时间带女儿出去走走，但每次出去，女儿都心神不宁，总惦记着作业还有哪一块没做好。那些郁郁葱葱的绿草，盛开的鲜花、天空中飘忽的白云、潺潺流淌的小溪似乎再也提不起她的兴趣。有次，我让她看天上赤红的、像烈火般燃烧的晚霞，表情夸张地说："瞧，多美啊！"她只回了句"少见多怪，幼稚！"，我一时语塞。

我一直在女儿同学家楼下等着，一个多小时后，女儿才走了出来，从她脸上看得出，不怎么开心。我问女儿怎么啦。她告诉我，这个同学是她最好的朋友，有一个多月没去学校了。我又问怎么啦，她说这个同学现在每天将自己关在卧室里，不肯出来，也不肯和任何人说话。她今天过去，同学才破例打开门聊了一会儿。我接着追问缘由，女儿没好气地回答，还不是因为考试连着考砸了。

- 野菊花

　　回家时，已是薄暮时分，道路两旁是一望无际的田野，湿漉漉的雾气在四周不断升腾，视野变得越来越模糊。突然，在不远处的路旁，一大丛野菊花簇拥而来，黄的、紫的、红的、蓝的，争奇斗艳，生机勃勃，我心头不禁一动。我急忙踩了一下刹车，车子"嘎吱"一声停在了路旁。我边摇下车窗，边嚷："快看！快看！"回过头却发现女儿斜靠在后座上，闭着眼睛，睡着了。

　　车子继续在旷野中疾驰，伴随着女儿轻轻的鼾声，那片野菊花变得越来越小，越来越模糊，最后消失在茫茫的暮色里。

第一部分：一起走过的日子

一份来自剑桥的礼物

2019年11月，我有机会到英国考察访问。离家之前，我问女儿想要什么礼物，她回答说"随便"，既然她懒得提，到英国后见机行事吧。

我在英国的行程安排得很紧凑，白天考察，晚上座谈，回到宾馆的时候，往往已是深夜。每天忙得晕头转向，旅程快接近尾声了，女儿的礼物还是没着落——每次出差几乎都是一样的情形，怪不得女儿屡屡失望。这十多天的时间里，我们马不停蹄考察了伦敦大学学院、帝国理工大学、牛津大学……最后来到了剑桥大学。

剑桥大学和其他英国大学一样，没有围墙，不同的学院散落在剑桥这个小镇的各个角落。建筑外观除了透着历史的沧桑外，和宏伟、庄严沾不上边。

路过三一学院门前的时候，看见绿色葱葱的草坪上玉立着一棵低矮的苹果树。据说牛顿就是站在窗前，看到一个苹果从一棵树——我猜应该是眼前这棵树的祖先吧——上面掉下来，才悟到万有引力定律的。一旦和这个传说挂上钩，那棵不起眼的苹果树在我心中陡增了些许神秘感。

我们重点参观了卡文迪许实验室旧址，一座不起眼的三层楼。实验室的前主任马尔科姆·朗伊尔教授，苏格兰天文

• 野菊花

学家,也是剑桥大学的毕业生,一个老顽童般风趣的老头,他亲自接待了我们。我们饶有兴致地在实验室的各个角落转悠。在逼仄的走廊里穿行着,要不是亲眼所见,怎么也不会相信这里曾诞生过二十多个诺贝尔奖获得者。

麦克斯韦、卢瑟福、汤姆逊……每一个名字都如雷贯耳,站在他们的画像前,朗伊尔教授用生动诙谐的口吻讲述着他们一个个璀璨夺目的成就,卡文迪许扭秤、X射线、电子、中子、DNA双螺旋结构……正是在这个小楼里,这些大咖对世界强烈的好奇心和孜孜不倦的探索,让今天的每一个普通人享受到了人类智慧的成果。

让我印象尤为深刻的是,朗伊尔教授告诉我们,卡文迪许实验室一直有个传统,剑桥大学的学生二十四小时都可以到实验室,利用这里的设备做实验,没有任何限制。有什么想法,就可以在这里付诸实施。我记得当年上大学的时候,哪怕是计算机专业的学生,上机都是一件奢侈事,而材料专业的我偏偏对计算机特别痴迷,只要机房门一开,无论是哪个班上课,只要有机会,我就去蹭机,机房老师被我的痴心所感动,破例每个周末给我一两个小时单独上机的机会,当初的情形回想起来至今历历在目。

今天的中国已经发生了翻天覆地的变化,连最普通的大学,都纷纷成立了科技孵化中心,大学生只要有想法,就会有机构给予包括资金在内的各种支持。如果说我们现在还有什么差距的话,那一定不再是硬件的差距了,我们缺乏的是骨子里的那种开放的精神,相信假以时日,这种现状也会得到进一步的改善。

到了休息时间，自由活动，因为时间不长，我想在附近随便找个地方填填肚子。看到一个小摊亭，便走了过去。摊亭外面有两张小圆桌子，四周放着几把休闲椅子，亭子里只提供简单的快餐饮料。有两个顾客坐在一张桌子旁。我也找了一把空椅子坐了下来。坐下来后才发现旁边一男一女两个年轻人长着副亚洲面孔。我便和他们打了个招呼，问他们来自哪里。果不其然，他们说从中国来，目前在剑桥读书。我好奇地问他们午餐怎么这么随便，男孩挠了挠头，笑着说随便搪塞一口，要赶着回去做实验。

他们一边啃着面包，一边大口灌着饮料，我看着他们风风火火的样子，仿佛看到了一百年前的卡文迪许实验室里那些忙碌的身影。

餐毕，我还抽空去了国人耳熟能详的康桥。小桥静静地横卧在一条小河上，河水流速很慢，河水像一面镜子，絮状的白云在里头摇摇晃晃。小桥和岸边的青草地、树木融为一体，清新而又生机勃勃。我在岸边的草地上徜徉，惊喜地发现草地上有块不起眼的石头，上面刻着徐志摩的那句"轻轻的，我走了"的诗句，仿佛在无声诉说着诗人依依不舍的情怀。

离开剑桥前主办方安排了一个演讲，主讲人是在剑桥生活了二十多年的柯瑞思（Nicholas Chrimes）先生，据称是

• 野菊花

当今"最了解剑桥的人"。他有本很有名的著作《剑桥：大学与小镇 800 年》，内容讲的就是有关剑桥大学的历史。

　　柯瑞思先生是一个慈眉善目的老人，一头花白的头发，一双炯炯有神的眼睛透着睿智的光芒。他生动、幽默地讲述了剑桥大学的前生今世。剑桥的建筑、图书馆、书店、园林、传统……如数家珍，演讲妙趣横生，听众听得如痴如醉，很快，一个多小时就过去了。

　　演讲结束后，我和站在一旁的柯瑞思先生聊了几句，中间谈到我有两个孩子，儿子已经工作了。女儿正在读小学，他仔细瞧了瞧我手机里女儿的照片，连声说好可爱，我有点不好意思地说，我这次出门还没顾上给女儿买一件心仪的礼物，问他能不能送一本他的书给我女儿，柯瑞思先生笑着回答说，当然可以，然后他拿出一本《剑桥：大学与小镇 800 年》，提笔在扉页写下了一段话：

Study hard to come to see us one day in Cambridge.
Your dad showed me a lovely picture of you :)
　　　　　　　　　　　　　　　　Nicholas Chrimes

　　我谢过柯瑞思先生，小心翼翼地将书放到随身携带的包里。"哇，老爸，这份礼物好棒啊！"我有点迫不及待想看到女儿惊喜的表情了。

上学记

自从接过送女儿上学的任务，每天一大早就进入了打仗模式。

天刚蒙蒙亮，窗外树上的鸟儿就叫起来，"啾……啾……"一声急似一声，就像集合号在耳边回响。

虽说眼皮子像灌了铅般沉重，我的双眼还是慢吞吞地打开了一条缝。我用一只胳膊撑起半边身子，另一只手碰了碰床头的手机。从屏幕里魔幻般冒出来的数字，像是怪兽的眼睛，闪着诡谲的绿光。糟了，我先是一愣，然后一跃而起："起床了——起床了——"吆喝声瞬间打破房子里的宁静，声音荡到窗外，树上的鸟儿一下子被吓得噤了声。

我手脚并用，三下五除二穿戴完毕，然后就到对面的房间去喊酣睡中的女儿。

我的喊声越大，她的鼾声就越响。望着那张平静如水的脸庞，看来不拿出撒手锏不行了——我将手伸到被子里，轻轻搔她胳肢窝。

一下，两下，三下……

"走——开——走——开——"被子里面的女儿动了动，接着几声怒吼传出来。

十几个回合猫捉老鼠游戏后，老鼠已经蜷缩到床的最内侧，退无可退，终于妥协了："你走吧，我马上起来了。"

- 野菊花

至此，上学序幕正式拉开。

洗漱、吃早餐、收拾书包、准备午餐、扎头发……样样争分夺秒，略去不表，七点半左右，终于将一切安排妥当，准备出门了。

大多数情况下，蓝蓝的天上白云飘，当然有时也会碰上雾蒙蒙的，或者斜风细雨的天气，最坏的情况是电闪雷鸣，大雨滂沱。不管天上怎么风云变幻，地上一律以不变应万变，大街上永远都是黑压压的车流，私家车、电动车、自行车、公交车……一辆接一辆，一眼望不到头。前面偶尔出现一个空档，哪怕半个车位，你还没反应过来，后面车的喇叭就响起来了，快点，快点，是大家的一致诉求。

有一两个地段是必堵路段。只要一接近那里，车速就会下降，车子雷打不动就会停下来。人们只能眼睁睁看着信号灯没完没了地变来变去，车子却只能一步一步地挪。

每每这个时候，我就会打开车里的播放器。两个人都喜欢听歌，不过喜好是冰与火的关系。

老的喜欢陶醉在旧日时光的感怀中，小的却对震耳欲聋的鼓点情有独钟。同样一段旋律对于前者如夏日冰激凌般清凉，对后者却似白开水一样寡淡。

好在经过无数次博弈，包括野蛮动粗后，终于达成轮流坐庄的共识，从此车内气氛一下子和谐起来——谁说冰与火不能友好相处？

第一部分：一起走过的日子

走走停停，车子终于离开"沼泽"，后面是一马平川，车速也快了起来。不消说，我得将失去的时间抢回来。车子左冲右突，很快将同行者抛到后面。当然再灵活，也比不上那些戴着黑色头盔，身着黑色皮衣、撅着屁股在车流里穿梭的骑士，他们轻燕般掠过，震耳的轰鸣声将所有的车子抛在后面。如果时光倒流二十年，我一定要成为他们中的一员，光那份速度和激情就让人向往。

我们也有自己的激动人心的时刻。

拐过一道弯，前方霍然出现一段长长的坡，这是一座高架桥，四周罩着白色的隔音屏，恰如一条卧龙，它张开黑黢黢的大口，将送上门的猎物吞下，然后一一吐出来。在我们眼中，这条长龙是一个来自宇宙深处的和平使者，它只是待在那里小憩，并没有恶意，而我们这些地球的探险者，要利用千载难逢的机会，实现飞往深空的梦想。

只要它进入眼帘，我就会喊道：

"小仙女准备好没有？我们要腾云驾雾，直上云霄了！"

"好了，好了，快点，再快点！"后面的人紧紧抓住前面的椅背。

话音未落，我们已经置身长龙腹中。我故意降速，拉开与前车的距离，几分钟后，车子终于慢腾腾地爬到了坡顶，我大喊一声：

"准备好没有？"

"准备好了！"

• 野菊花

　　我一踩油门，车子腾空而起，这一刻，时间就像凝固了一样，两个人都屏住了呼吸。车子在空中滑翔，就像穿行在茫茫宇宙，没有了地心引力的束缚，整个身子轻飘飘的，脑子也变得空白起来。

　　感觉过了好大一会儿，车子缓缓从空中坠落，"咣当"一声落到地上，每次落地，我心里念叨好险啊。我一边紧盯着前车车尾，一边问道："没事吧？"担心后座的女儿吓着了。过了好久，后排才传出动静："老爸，你就不能小心点儿吗？"
　　我会心一笑，深空探险告一段落。

　　车子进入学校周边了，最难的恰恰是最后一公里。学校边上有一条有轨公交，每隔十分钟会有一条列车经过。不知道谁定的规矩，列车具有最高级别路权。只要列车过来，轨道两边的红灯马上亮起，哪怕前一秒钟才绿的也不行。
　　于是乎，只要远远看到列车露脸，人们就会争先恐后抢着过路口，哪个也不想再耽误个七八分钟。最倒霉的时候，过那个路口要等三四个红灯，就看你有没有眼力见儿。

　　上学会不会迟到，能不能顺利过这个路口至关重要。时间久了，我琢磨出门道来了，每次基本上我都能抢着过去，正好被堵在路口的情况极少。我的经验是十六字口诀：眼观六路，心细如发，见缝就插，杀伐果断。

　　过了那个路口，就直奔学校大门了。女儿不允许我直接停在大门口,哪怕大雨如注也不行。我不知道是老师特意交代了,还是她本身高度的自觉性,在斗争很多次后,我也妥协了,哪怕车子再多,哪怕雨再大,任何时候都不堵在校门口。

四十多分钟过去了,"老爸,再见!"女儿"砰"的一声关上了车门。那一刻,我紧绷的心弦才松下来,我明白,今天的战斗真正结束了。

回程的路上,没有人争抢播放权了,我可以随心所欲挑选自己喜爱的曲子,但听起来似乎没有那么悦耳,是不是抢来的馒头更香啊?

• 野菊花

网课，鱼之乐也！

要上网课了，孩子们一阵欢呼。上网课是一件很严肃的事情，是一件很重要的事情，是需每个人认真对待的事情。然而，每每得知要上网课的消息，他们一反常态地欢呼、雀跃！

白花花的电脑屏幕，别说盯上十来个小时，哪怕是几十分钟，成人也会眼花缭乱吧？然而，电脑屏幕就像一块强力磁铁，先是吸住孩子们的眼睛，然后将他们的心连同面孔吸进一个个小窗口，最后只留下一具具空空的躯壳，被绑在凳子上，摇摇晃晃。

失去了自由，快乐就像无根之木，无源之水。在外人看来，小小年纪，身心就被无形的樊笼困住，是一件多么让人难受的事情啊！为什么他们却还兴高采烈呢？我百思不得其解。

一大早，女儿就急急忙忙地坐到书桌前，一头钻进了那个魔力屏幕。她上半身套着校服，下面套的是什么却不一定，有时是校服，有时是睡裤——不消说，起床晚了，顾上不顾下了。目睹此景，我就不由得浮想联翩，如果我有幸得到一个参观央视的机会，我想我最大的愿望是去会一会新闻联播的主播，亲眼瞧瞧那两个正襟危坐、永远只露出上半身的男女主持人，看他们下身到底穿的是裤子还是睡裤——说不定我也会大吃一惊，谁晓得呢。

像她的绝大多数同学一样，为了保证网课效果，女儿独占了一个书房。书房里，最引人注目的是那个靠窗而立、宽大厚实的书桌。上面横七竖八堆满了各门学科的教材和作业。书桌正中间放着电脑的屏幕，出现在镜头里的只有女儿的上半身、身后的大衣橱，以及房门的一角。散布在这个城市的各个角落几十个同班同学，同时出现在屏幕里，像霍格沃茨魔法学校的学生一样，头像闪烁着，脑门仿佛呼呼冒着气。讲台上的生物课老师，神采飞扬，一头蓬发，恰像魔法学校的那个鲁伯·海格，传授着众生的奥秘，掌管着神秘的钥匙。窗外那棵茕茕孑立的玉兰树，摇头晃脑的，是不是和那棵时不时将脖子伸到窗前一探究竟的楠竹一样，也想混进那个魔法世界里，学点魔法或者仅仅满足一下好奇心，谁也不知道。

从早到晚，屏幕就是一个热闹的修炼场，隔个把小时，传道人会变一下，传授内容也会相应变化：语文、数学、英语、生物、地理……女儿和她的同伴们沉浸在那个虚拟世界里，忙得喝口水的工夫也没有。

和所有的家长一样，看到女儿忙碌得这般天昏地暗，我心中隐隐作痛，却帮不上忙。我能做的是，隔一段时间，轻

• 野菊花

轻推开书房门（注意：切不可学习那位彬彬有礼的诗人贾岛），猫着腰，蹑手蹑脚溜进去，悄无声息地送开水、送鲜奶、送零食。任何部位不能在镜头里出现，哪怕脑袋上方那几根倔强的头发也不行，否则就会有呵斥："去，去，别干扰我上课！"我只好等不及转身，惶遽退去，一面为打扰了上课那么严肃的事情自责不安，一面为那几根爱出风头的头发万分愧疚。

一晃上网课有十多天了。有一天，难得休息，我和女儿在户外散步，我小心翼翼提起了这个话题。

"你们这样上网课，是不是很辛苦啊？"

"学习哪有不辛苦的？"女儿义正词严地回答道。

"那上网课是不是比线下课更无聊，更枯燥啊？"我又补了一句。

"你问这个是什么意思？"女儿警惕地扭转头。

"没……没别的意思，"我见状连忙解释，"我只是觉得线上比线下枯燥、单调，毕竟同学们隔着屏幕，交流不方便。"

"子非鱼，焉知鱼之乐？"女儿得意地瞟了我一眼。

鱼之乐？我的脑海里立刻呈现出一个画面，湛蓝的天空下，白云悠悠，几只小鸟在空中自由翱翔，影子投到下面的一汪湖水里，相伴相随。微风拂过，漾起粼粼波光，几尾黑背白肚的鱼儿，在水里游弋，时而缓缓穿行在水草间，时而和小鸟的影子追逐嬉戏，翻滚的鱼肚白在阳光照耀下闪闪发光，好一派鸟欢鱼乐的景象……

"好闺女，那你能不能分享分享鱼之乐啊？"我止住了遐想。

"真想知道吗？那你能不能做到保密？还有，能不能保证承诺的新年礼物不落空？"

"真想知道，真想知道。你放心，我一定保密。还有新年礼物的承诺一定不折不扣执行！"

"好吧，那我就讲讲我们网课的鱼之乐吧，记住保密啊！"

女儿就给我讲述了网课期间发生的多个插曲，这些插曲还在不断上演，它们就像一朵朵快乐的浪花，让鱼儿们在增长魔力的同时，时不时笑靥如花。

场景一：生物课

老师："甲同学，你来回答这个问题吧？"

"什么？什么？老师你说什么？我怎么听不见你说的话啊？……该死的网络……"甲同学抓耳挠腮，掏心掏肺的样子。

"你……你……"老师一时语塞，脸变得通红。

五十多朵鲜花在五十多个窗口瞬间绽放——伴随着从城市各个角落传来的笑声。那翕动的花瓣仿佛要从屏幕里蹦出来了。

场景二：数学课

老师正在讲解一道很难的数学题，这道题拐了

- 野菊花

九九八十一个弯,大家都听得云山雾罩。突然,乙同学"哈哈哈"笑出声来。这个声音真真切切,所有的人都听到了。

"乙同学,你站起来!"老师不得不打住。

"是,老师!"乙同学站起来,声音洪亮地回答。

"你觉得这道题哪里好笑啊,能讲一下吗?"

"老师,是这……这样的,这个嘛……这个嘛……"

整个屏幕一下子变成了欢乐的臭水坑,连老师也忍不住跳进去了。

画外音:原来,乙同学的电脑屏幕前放了一部手机,手机里正播放到冒牌天神踩到臭水坑的情节,乙同学没忍住笑了起来。

场景三:还是数学课

"丁同学,你能回答这个问题吗?"

"嘘……嘘……小声点,老师,我能不回答吗?"

"怎么啦?"老师不由得也降低了声音。

"我妈妈正在旁边谈一个重要的合同呢,我这会儿不能打扰她。"

"……"老师无语。

屏幕里一朵朵莲花竞相开放,一朵比一朵灿烂。

画外音:熟悉丁同学的伙伴(包括老师)都知道,丁同学的妈妈是某物业公司的一个普通职员,从来也没机会经手什么合同，更不用说重要合同。

场景四：语文课

己同学正在回答老师提问，一片安静祥和的气氛。突然，桌面上的窗口一个个骚动起来。

老师无法再装着视而不见了，忙问何事，有同学用手指了指屏幕，殊不知老师什么也看不到。看到老师无助的样子，有人喊了一声：

"老师，看己同学的身后！"

老师忙定睛一看，原来己同学身后——客厅的一隅——竟然有个电梯正幽灵般上下来回穿梭着！

老师一下子呆了……

画外音："老爸，这算不算凡尔赛啊？"女儿后来问我。

"下次我们也到哪个商场去，找个观光电梯拍拍怎样？"我问女儿。

女儿白了我一眼，没作声。

……

听完女儿的鱼之乐，我一时无语，良久，突然问了一句：

"你什么时候再跟我讲讲线下的鱼之乐，好不好？"

"那也是秘密，你就等着吧！"没等我吱声，她就一蹦一跳地跑开了，留下我独自在风中凌乱。

•野菊花

推销员爸爸（一）

自从扛下送女儿上学的重担后，每天有四十多分钟充满了传奇色彩，你永远不知道这一路会发生什么。

这不，一上车，还没坐稳，女儿就发话了：
"老爸，今天我们玩一个游戏好不好？"
"什么游戏？"我警惕地问。
"你别紧张，不难的。"
"好的，你说吧！"我并没有放松警惕。
"听说你是做推销的？"
"是的，现在在做业务，也可以说是你说的推销，怎么突然问起这个啊？"
"推销就是卖货吧？"
"你可以这样理解，但现实远比这个复杂，我一句话讲不清楚。"
"没关系，老爸，那你可不可以告诉我，你是一个好的推销员吗？"
"这个……"我迟疑了一下，不知道该怎么回答。
"算是吧。"不能在女儿面前丢面子，我终于下定了决心回答道。
"那我们能不能模拟一下你推销的场景？"
"好啊，不过你不能故意为难，要顺其自然。"

第一部分：一起走过的日子

"没问题！"女儿斩钉截铁地说。

虽算不上老江湖，但也不信一个十一二岁的孩子能够难倒我——对付一个稚气未脱的小孩，我还是成竹在胸的。

"那就开始喽！"女儿好像看到了我的心思似的，意味深长地看了我一眼。

"开始吧。"我不信她能玩出什么花样来。

"听清楚啦，游戏场景：放学了，某学校大门口，你正在学校门口卖书包，流动摊那种。我是一个学生的爸爸，准备接女儿放学回家，我刚刚走到你面前，怎么说服我买一个啊？"

"兄弟，接孩子啊？"我直接进入角色。

"是啊，怎么啦？"

"我也是孩子爸爸，儿子还是女儿？"我满脸笑容地接着问。

"女儿，问这个做什么？"女儿一脸不耐烦。

"太巧了，我的也是。"我装着很惊奇地说，"几年级了啊？"

"六年级，你女儿呢？"女儿很配合。

"哦，小一点，五年级。"

"现在的孩子不好带啊，尤其是女儿。"我故意加重了语气。

"怎么啦？我觉得还好啊。"女儿调皮地眨了眨眼。

"现在的孩子啊，不但要学习好，而且还要外表形象好，这样才能交到朋友，才能不被同学歧视，也不被老师看轻。"

• 野菊花

"你女儿长得不好？"女儿做了一个鬼脸。

"没……没……那倒没有。"我支支吾吾起来，"听说有学生穿了一件带补丁的衣服上学，结果被同班同学嘲笑了一整天，最后是哭着被父亲接回家的。"

"还有这样的事？我女儿不会这么脆弱，再说她也没有带补丁的衣服。"女儿向我挤了挤眼，又指了指她的书包，估计是看我还没有切入主题，有点儿急了。

"是啊，一般的学生是不会，但也有很多经济条件困难的家庭啊，你这是饱汉不知饿汉饥。"我接着说，"兄弟，你能体会到女儿被同学嘲笑，一个父亲是什么样的心情吗？"

"不会是你女儿吧？"女儿故意问道，"那你可以给他买新衣服啊！"

"真没脸说出来。我要是有钱给她买新衣服，还在这里卖书包吗？要卖也得租个门面啊！"

"那你书包卖得怎样呢？"

"虽说书包是学生的必需品，我的书包更是价钱低、款式新，但再好也不是人人都会买的，唉，这不，我已经有几天没卖出去一个书包了。"我叹了一口气。

"那倒是，我女儿都有好几个书包了。"女儿笑着说。

"书包不嫌多，有的书包上课用，有的课外用，各有各的用途，兄弟，学生的书包是不嫌多的，你愿意为你女儿再买一个新书包吗？这样一来体现了对女儿的关心，二来也帮我解决了困难。"

"说说看，你的书包好在哪里？"女儿有点儿动心了。

"我这个书包是最新款,在很多大商场才刚刚上柜,可以装书、装文具、装水壶,还可以装零食,小孩子见到没有不喜欢的。"

"还能装零食?是真的吗?"

"那我还能骗你,零食袋子在最里面,不仔细搜,还不容易发现。"

"一个书包多少钱呢?"女儿显然也有点儿动心了,她以前只要在书包里放零食,都会被妈妈搜出来。

"商场里卖200块,我只收你150,咋样?"

"那赚的钱,你会用来给你女儿买新衣服吗?"看得出,女儿有点儿忘了这是个游戏。

"当然啦,就差你这个书包钱了,卖了书包,我明天就去给她买新衣服,穿上新衣服再也不会有同学笑话她了。"我急切地说。

"好吧,好吧,我买了。"

"真的吗?"

"真的,真的。"女儿忙不迭地答道。

"好,游戏结束!"我狡黠地看了女儿一眼。

"不算,不算,再来,再来!"女儿醒悟过来——她忘了自己的角色了,于是开始耍赖,"你这是施苦肉计,不算不算,要不重来,要不再换一个场景。"

"这是推销员的第一个层次,也是最低的层次,这个层次的核心就三个字——厚脸皮。女儿,你看到了吗?"

"还有更高层次啊?能不能讲给我听?"

"好吧,我们明天再接着玩这个游戏,让你见识一下老

• 野菊花

爸这个老业务员的水平。"

"哼,明天我绝对不会再上当了。"

女儿话音未落,车子就到了学校门口,我和她挥手告别,特意瞟了瞟周围,还好,没看到卖书包的商贩。

推销员爸爸（二）

又是一个阳光明媚的早晨，一打开大门，叽叽喳喳的鸟叫声、狗吠声不绝于耳，好一个生机勃勃的新世界。天空是湛蓝的，几朵白云点缀着，像是画上去一样，院子四周的绿植上挂满了晶莹的露珠，仿佛一颗颗天女撒下的钻石，在阳光的照耀下，晃得人有些睁不开眼睛。在这样一个温暖的冬日里，大人和孩子都睡过头了，我和女儿无暇欣赏美景，匆匆登上了车子，几乎在女儿关上车门的那一瞬间，车子像离弦之箭般冲了出去。

"老爸，开始吧。"

"开始什么呀？"我有点儿疑惑。

"推销游戏呀，你不是一个优秀的推销员吗？再让我见识一下呗。"

"噢，还不服气啊？我都忘了这事了。"

"还是一样，你是推销员，我扮演一个中年男子，他女儿年纪和我差不多。为了公平起见，这次场景和商品由你来选。"

"好吧，让我想一下。场景就选我们小区的小广场吧，时间是周末下午，一大群人正在广场里溜达、闲聊。至于商品，容我再想想。"我随口答道。我通过后视镜，往后瞧了瞧，发现女儿正面带笑容地看着我。我看到她无意中露出来的洁

- 野菊花

白的牙齿，心中马上有了主意。

"商品就选牙刷吧，怎么样？"

"没问题，就这么定了，开始吧！"

"老陈，最近在忙什么呀？"

"你是——我和你熟吗？"

"我是你隔壁邻居，虽然没有搭过腔，我经常在小区见到你。"

"哦，我这人忘性大，不好意思。"

"没关系，老陈。我能问一下你老家是哪里的吗？"

"问这个做什么？"

"我老家是鄂东黄石的，听你的口音，我们该不会是老乡吧？"

"不是，我不是那儿的。"女儿斩钉截铁地说。

"那你不会是鄂西的吧？鄂西好啊，山美水美，我们全家每年夏天都会到那边去避暑。"

"鄂西是好，但我也不是那里的。"女儿笑着答道。

"那一定是鄂北的，孝感好啊，董永的故乡，那里出的米酒我是百吃不厌，我女儿也特别喜欢吃。"我有点儿尴尬了。

"我不是孝感的，也不喜欢吃什么米酒。"女儿得意地望着我，看我怎么应付。

"唉，我怎么没想到你是鄂南的呢，咸宁是个好地方啊，咸宁的温泉品质好得不能再好了，每年春节只要有机会我就会去泡一泡，真羡慕当地人啊，从小泡到大，怪不得皮肤好。"我豁出去了。

第一部分：一起走过的日子

"别瞎猜了，我也不是咸宁的，再说就算是老乡又怎么样？"

"难不成你是……"

"没错，我就是武汉本地人，正儿八经的武汉人。"女儿抿着嘴，一脸坏笑。

"唉，我怎么没看出来呢？"我叹了一口气，心中暗暗责怪女儿，武汉本地口音是这样的吗，我怎么不知道啊？算了，不跟你一般见识。"唉，其实啊，我最佩服的就是武汉本地人。"

"说说看，你怎么佩服武汉本地人的？"女儿来了兴趣。

"你瞧吧，我们外地人到武汉这个大城市，两手空空，为了口饭吃，不得不风里来雨里去，而你们武汉本地人呢，哪个不是有几套房几部车？可你们一点儿也不偷懒，个个不照样早上不到八点就出门，晚上六点后才回家？"

"也不是所有人都这样，不过确实有很多人忙惯了，歇不下来。"显然女儿对这个表扬很受用。

"老陈家庭一定很幸福吧，有几个小孩啊？"

"不多，就一个女儿，十岁出头。"

"哎呀，这么巧，我女儿也是十岁多。"

"孩子几年级啦？"

"五年级，你孩子呢？"

"太巧了，我女儿只高一级，今年六年级。你女儿一定很活泼可爱吧？"

"那算你说对了，我女儿小小年纪，琴棋书画什么都会，她是我们家的活宝贝，你女儿呢？"女儿歪着脖子看我怎么

43

• 野菊花

回答。

"我女儿？唉，别提了，哪有你女儿优秀啊！"

"难道你女儿就没有优点？一听就知道这是鬼话。"女儿脸涨得通红。

"你说她聪明吧，她又贪玩；你说她可爱吧，她又太调皮了，哎呀，头疼！"

"我就不信她没有优点，是你这个爸爸眼光不行吧？"女儿气呼呼地说，小拳头已经攥紧，看得出随时准备动手了。

"要说优点嘛，也不是完全没有，比如说我女儿身体好，很少生病，长这么大，没去过几次医院，我觉得这是她最大的优点，也是我最自豪的地方。"

"是吗？那我女儿这方面就差多了，这不刚刚又感冒了，三天两头上医院，真让人费脑筋。"女儿终于找到报复的机会了，恶狠狠地说。

"健康是个大事情，现在学校也很重视，上个月我女儿还被学校评为健康小天使呢。"

"是吗？真不错，说说看，你女儿怎么当上健康小天使的？"女儿的语气缓和下来了。

"我女儿很少生病，我觉得主要是因为良好的卫生习惯，她非常注意口腔卫生，俗话说得好，病从口入嘛！她有一口洁白整齐的牙齿，这是女儿最骄傲的地方。"

"我女儿一样啊，她也每天早晚都刷牙，很注意口腔卫生，可为什么还老是生病呢？"女儿步步紧逼。

"那可能是方式方法不对，就拿刷牙来说吧，看似很简单的一件事，其实大有讲究。市面上的牙刷虽然很便宜，几块钱一把，可是上面的刷毛不是太软就是太硬，太软了吧，牙缝里的食物残渣刷不干净；太硬了吧，容易磨损牙齿表面，牙龈也容易出血，关键是哪种牙刷洁牙效果都不好，不能阻止细菌在口腔内繁殖。"

"你的意思是说我女儿用的不是好牙刷，大家不都是用超市卖的那种牙刷吗？"女儿不以为然地反问。

"那倒不是，每个人的体质不一样，抵抗力也不一样，如果天生体质差一点，那对牙刷的要求就会高一点。我女儿用的牙刷就和一般超市卖的不一样，刷毛采用一种特殊的绿色环保的高分子材料，硬度和韧性正好，不但能够将牙刷得干净，还能保护牙齿表面，还有，对她来说用这种牙刷刷牙成了一种享受，一天不刷牙就不舒服。"

"有这么夸张吗？你不会是牙刷推销员，为了卖你的牙刷故意夸大其词吧？"

"你说对了，我的职业确实是牙刷推销员，但我从不虚假宣传，只有对生活品质要求高的人才舍得买我这种牙刷。"

"看样子，你这个牙刷一定很贵？"

"要说贵也不贵，也就我们成年人一包烟钱。"

"那到底多少钱呢？你能痛痛快快地说出来吗？"

"100元一支。"

"那不是抢钱吗？太贵了。"

"老陈，别人说贵我相信，你一个武汉本地人，对生活品质的要求那么高，对女儿的健康那么在乎的人，就一包烟钱的事，你说贵我不相信。"

"价格我是不在乎，关键是谁也不知道使用效果啊，谁

• 野菊花

知道你是不是骗人的。还有，你这个牙刷是什么品牌啊？"女儿有些拉不下面子。

"白雪牌，很多人包括我的家人都在用，你放心，效果绝对呱呱的。"

"不管怎样，我觉得还是贵了。"

"对了，忘了告诉你，今天我争取了一次在小区促销的机会，只今天有效，如果你为女儿买一支，再加二十元的话，我就送一支大人用的牙刷给你，老陈，过时不候啊。"

"今天买的话，一支降四十元？"

"没错，买不买？"

"能保证效果？"

"当然。"

……

车子终于抢在铃响前到达了校门口，女儿急急忙忙背起书包下了车，没走两步，突然回过头，对我喊了一声：

"老爸，记得给我买一支白雪牌牙刷啊，我明天就要用。"

我有点儿给弄糊涂了，到底是她赢了，还是我赢了？

第一部分：一起走过的日子

玩游戏

我第一次认识到女儿的潜质是在这年春节期间，那是一个阴雨连绵的下午，百无聊赖，她缠着我陪她搭一种叫乐高的积木，我看图案只是一种很常见的房子之类的建筑，加上院子、人物、场景，太容易了！没想到，我已经陷入了一场惊心动魄的战斗，一场成人和儿童智力、耐力、审美、专注力、随机应变能力乃至领导力的全面较量！关于这一点，直到游戏后半程我才明白过来。

游戏开始了，我笨拙地按图索骥，边看图纸边找零件，手忙脚乱，甚至多次推倒重来，因为和图纸不对，看看女儿那边，她一脸从容，在看了一眼图纸后，就埋头有条不紊地布局，根本没有像我那样时时核对那些细节，而且不一会儿就有模有样了，我突然意识到和我的做法不同，她的心中有蓝图，她是在完成艺术品的再造，而非复制！

我倒吸了一口凉气，但并没有气馁，决定放下身段，投入战斗，看能不能在其他方面超过她。首先，结构方面应该比她有经验吧，对不起，好像不是这样，她如有神助似的，闭眼就能找到门、窗、玻璃以及安装的方向，根本不用对图纸，一气呵成，而我还要笨拙地反复试验；场景设计方面，她的方案看起来就是一幅画，建筑、院子、秋千、车辆、人

47

- 野菊花

物栩栩如生，我无法提出任何建设性的意见；细节方面更不用讲了，她对细节如此挑剔，所有人物的服装、饰品、颜色均有考究，我那可怜的美学素养在她振振有词中不值一提；有一次，有个零件不见了，谁也找不到，我憋着劲想首先找到，以此来证明我的存在感，她突然轻描淡写地来一句，"老爸不用费劲了，我们用 B 方案吧！"我当时真恨自己怎么不会变通！到后来我发现我唯一的优势就是力气，当她安装一个零件，一时使不上力的时候，我就大声说："让老爸来！"看到她乖乖放开手的样子，我心中紧绷的弦才稍稍放松下来。

我脑子突然冒出一个想法，当不好士兵，我可以当领导啊！于是心中一阵狂喜，可惜没等我从梦中醒过来，她好像就知道了我的心思，这不，头也不抬地说："老爸，快去找秋千的零件，院子搭完我马上要用了，我们分工合作，加油！"我迟疑了一下，最后还是乖乖从命了。直到领导梦碎这个时刻，我才意识到这场较量我彻底输了！

游戏能给人带来至高无上的快乐，这场游戏历时三个多小时，我们全身心投入其中，女儿没有离开现场半步，可见其魅力！

人类在早期，一直享受游戏的乐趣，看各地考古留下的石刻图案，很多都有人们围着火堆翩翩起舞的场景，柏拉图甚至把游戏的意义上升到神的高度，他指出，什么是人的正确活法？人须像游戏一样活着。他和很多同时代的哲学家认为，人生的终极目标是幸福快乐，而游戏和快乐密不可分，游戏能够带来身心的愉悦，能够将人带入忘我的境地，现代正派成年人对所有游戏嗤之以鼻，认为其浪费时间，他们要求每天要做有意义的事情，殊不知，健康的游戏利远远大于弊。一个人老之将至的时候，如果丧失游戏的能力，无聊之苦将不期而至！

游戏能够激发人的本能和直觉，我之所以输掉和女儿的"比赛"，很大程度上就是常识输给了直觉和女儿与生俱来的优秀潜能，人类受的教育越多，就越依赖理性和知识，这些知识能够帮助我们在世俗社会立足，但是也会妨碍我们潜能的发挥，我们在直觉慢慢退化的同时，也逐步丧失独立思考的能力，遇到任何事情首先想到的是到知识库去寻找现成的答案，而不是从事情的起点出发去追本溯源。知识和天性哪个更重要，确实引人深思。笛卡尔说过，除非我亲自证实的，否则我一切都不信。他并非真的只相信自己，而是他不像常人那样盲目地相信前人留下来的知识库而已。也许只有像笛卡尔那样的天才才能做到既不磨灭与生俱来的天性，又能稳稳站在前人的肩膀上吧。

通过这个游戏，我发现女儿身上存在那么多可贵的潜质：敏锐的直觉、毫不造作的审美观、自然的领导力、专注、乐观……我一方面感到欣喜，另一方面，深感忧虑，在大环境的裹挟下，她会不会最终泯然众人矣，实未可知。

• 野菊花

读书会里的童话

时间过得真快，转眼已到周末——又该吭哧瘪肚送女儿到市内上培优课了，一句"可怜天下父母心"道不尽天下父母的无奈。每次三个小时的时间说长不长，说短不短，如何打发这段时间成了一个小困惑。头天晚上，我躺在床上没想出道道来，没想到次日一大早一打开手机，就搜到了一个读书会活动，时间、地点堪称完美，就像早就为我安排好了似的。

第二天一大早，我就把孩子送到上课地点，然后就急急忙忙往读书会赶。活动地点设在江对岸的一家书店里，半个多小时的车程。到了才发现，原来书店不是独立的门面，而是在一家大商场里面，找具体位置费了不少工夫，等我终于气喘吁吁赶到书店门口时，活动已经开始十多分钟了。我轻轻地敲开活动室的玻璃门，猫着腰走进去，在后排随便找了个座。

这次读书会的主题是分享读过的童话作品。我环顾四周，却发现参与活动者竟然没有一个儿童（起码我没看到），目之所及都是成年人——20岁、30岁，40岁……什么年龄阶段都有，就是没有儿童。

第一部分：一起走过的日子 •

　　有点儿意思，成年人不去读社会、历史、情感、推理甚至哲学方面的书籍，却读起了哄孩子的童话书，这一下子激发起了我的好奇心。

　　我进来时，前台正站着一个三十岁左右的女士，中等身材，一袭白衣，正眉飞色舞地分享安徒生童话的读后感，她一只手握着话筒，另一只手在空中挥舞，就像一位激情四射的乐队指挥。她讲到小的时候，每天晚上睡觉前，她妈妈会给她念安徒生的童话故事。妈妈念着念着就会打起瞌睡，而她却越听越精神，可能是眼睛放射的光芒将瞌睡虫吓跑了吧，她自嘲道。那时的她每次听完后，很想找个人分享，但求之而不得。现在好了，有了这么多的同伴，虽然等了太久，毕竟如愿了，此刻的她很开心。

　　安徒生的童话大多有点悲剧色彩，主角一般都是善良、天真、纯洁的天使般的人物，但最后结局往往是悲剧。她介绍了家喻户晓的《海的女儿》。那个被称作小人鱼的主角，为了追求高贵的、不灭的人的灵魂。将鱼身化为人身来到了人间。明明是她救了王子，有机会和王子相爱获得幸福，但是命运偏偏作祟，不让她如愿。无论她为王子做了多少事情，王子就是不知道，虽然也爱她，但最终还是选择了和他人结婚。王子的这个决定对小人鱼而言是灭顶之灾，它将会让小人鱼化为泡沫并永远离开这个世界。姐姐们为了拯救自己心爱的妹妹，为她争取到了最后的生存机会——用刀子刺中王子的胸口，从而让自个儿活下去。但是在最后一刻，面对

51

- 野菊花

熟睡的小王子，小人鱼还是转身扔掉了刀子……

什么是爱？它是无条件的吗？它是否比生命还珍贵？安徒生对世人发出了直达灵魂的拷问。

丑小鸭的故事可谓人人皆知，主讲者也是一位女士，内容就不细讲了。一只明明是最美的小天鹅，出生时被埋没在一群鸭子中。因为与众不同，所以在现实生活中处处受排挤、歧视和打压，他也不得不一次一次选择逃离。在受尽了磨难后，丑小鸭终于找回了自我，结局难得的完美。

是金子总会发光的，这是这个故事给人的第一印象。故事中那些排挤丑小鸭的鸭群、鸡群，让我想起了最近看过的一本书——《乌合之众》。现实的社会其实是由乌合之众组成的，大部分人没有自己的想法和思考，也天生排斥那些有鲜明个性的个体。一个人要想找到自己的独特价值，在乌合之众中脱颖而出，唯有像丑小鸭一样，不怕众人打击，坚持不懈，百折不挠地寻找那个真实的自我。

克尔凯郭尔也说过，人生要过得有意义，无论如何要避免成为无名整体的一员，因为每一个人都是独特的个体，都有与众不同的价值。

童话作家和哲学家得出的结论其实是差不多的。

第一部分：一起走过的日子

随后上台的还是一位女性，三十来岁，自称是老师。她分享的是《柳林风声》这本书。这本书讲的是四个小动物历险的故事。她推荐此书的理由之一是，这本书给我们呈现了一个美丽的世界，特别是大自然春夏秋冬一年四季的景色。文字是如此动人，画面是如此美妙。其实书中的那些旖旎风光，在我们的身边随处可见，只是我们缺乏那双眼睛，或者说习以为常了。通过书中那些精彩描述，我们才猛然发现，原来我们身边的世界是如此美好。

她的结论是一句话：人类最珍贵的财富是这个奇妙的世界！听众们频频点头，没料想，几分钟后就有人用另一部童话将这个结论全盘推翻。

最后上来的是一位男生。我早就注意到一个现象，参加活动者百分之九十以上是女生，男生是稀有动物。难怪这个男生上台时，听众报以很热烈的掌声。看得出来，男生有点受宠若惊。

他分享的书叫《夜莺与玫瑰》。这本书，用小伙子的话说，故事情节有点老套，除了结尾。故事讲述的是一个小伙子爱上了一位美丽的姑娘，可是小伙子是一个穷人，姑娘的父亲为了让小伙子死心，让他大冬天给姑娘送一朵新鲜的红玫瑰，这件事做成了，就让女儿和他交往。小伙子日坐愁城，一天天消沉下去。这一切被一只夜莺看在眼里。这只夜莺不知从何时起就成了他的一个好伙伴，每天晚上都会在他窗前

• 野菊花

唱着动听的歌，帮他驱走孤单和忧郁。

看到小伙子为情所困，夜莺被他的执着所感动，决定不惜代价来帮助他。于是它用自己的鲜血培育了一朵红玫瑰。当小伙子拿着这朵用夜莺生命换来的红玫瑰去见姑娘的时候，姑娘却认为这朵玫瑰还不如自己衣服的一颗扣子值钱。深受打击的小伙子，气愤之下，将这朵玫瑰丢到了大街上，玫瑰最终被车轮碾到了阴沟里。

小伙子最后引用了作者王尔德的一句话：很多人在年轻的时候，认为钱最重要，等到年老的时候他才发现，这是真的。

小伙子的解读有点让人失望，我并不认为他真的理解了作者的本意，但是，一部作品面世后就属于读者了，一千个人眼中有一千个哈姆雷特，谁能说自己的解读是唯一正确的呢？

听完台上人的分享，我脑中起初的那个疑团渐渐解开了，就像他们其中一位所言，童话针对的读者确实是孩子，但系成人所写，成人所讲，反映的其实是成人对这个世界的看法，如此说来，成人看童话书，不是再自然不过的事吗？

远远见到下课后跑过来的女儿，没想到她还没等我接过她手中的书包，就来了一句："老爸，怎么这么神采飞扬的，遇到什么好事了？"

"没有，没有，只不过是我刚刚订了一本《柳林风声》的书。"

"这不是一本童话书吗？家里有的呀，难道你没看过吗？"她不满地瞅了我一眼。

"难道什么书你都看过？《夜莺与玫瑰》你看过吗？"我受不了她的眼神，带点挑衅口气反问道。

"也是一本童话书啊，王尔德写的，不会这本你也没看过吧？"女儿的眼神真的有点鄙视了。

"我……我……"我支支吾吾起来。

回家后，我从女儿房间角落里翻出了一大摞书，那些她曾经的最爱，我掸掉上面的灰尘，整齐地码到了我的床头柜上。

• 野菊花

风一样的感觉

最近给女儿买了一个平衡车，两天的新鲜劲过后，车子就被放到客厅过道边了。每天从车子旁边经过，都觉得有点不对劲，就是说不出来。有一天上班途中，看到几个人踩着平衡车先后从身边呼啸而过，突然，一个大胆的念头出现在脑海中……

终于挨到了周末，暮色四合的时分，屋外门前的小道上人烟稀少，也鲜有车子经过，只有昏暗的路灯透过沉沉的雾霭，有气无力地忽闪着，好像也在打着盹。我将同样无精打采的平衡车搬到了家门外的小道上。

邻居们很快就发现，一个老顽童就要打破四周的静谧了。

车子好像也想知道我究竟想做什么，我刚一只脚踩上去，车子就毫不留情地向前窜了一下，吓得我赶紧收住了脚。我有点儿生气了，一把将车拉到面前，摆正位置，故意用力晃了晃操纵杆，提醒它我已经是新主人了，要配合。左脚再次踩到踏板上，车子稍稍晃了一下，稳当得很，这样就对了嘛，于是我身体往前一倾，右脚踩到踏板上，身体所有的重量一下子落到了平衡车上。就像被架到空中的大力神安泰一样，我瞬间觉得失去了对自己身体的控制，也失去了力量的源泉。心脏像揣了个小鹿似的怦怦直跳，手心一下子渗出了汗。手、腿、腰……整个身子绷得紧紧的，就像一个任人摆布的木头人。

过了好一会儿，紧张的心情才平复下来。我尝试着调整一下重心，慢慢挺直了身子。站直了，没倒，我心中一阵狂喜。我对自己的控制力有了一点信心，往四周扫了一眼，除了在路灯的映照下微微泛着白光的路面外，周围一片朦胧。没关系，摔倒了也不会有人看笑话。

我重心向前，车子缓缓启动了，没那么难嘛！在试探性地溜了百米后，我胆子越来越大，一种异样的感觉冉冉升起，这哪像一部平衡车啊，分明是一辆威风凛凛在赛道上驰骋着的玛莎拉蒂。两旁的房子、树木、篱笆都识趣地、齐刷刷地往身后奔去。我的心跳也随之加速，血直往脑门上涌。好久没有这样的感觉了，既兴奋又紧张的感觉，御风而行的感觉。

我想起了第一次骑自行车的情景，没错，当初骑自行车也是战战兢兢、忐忑不安的。我一直对自行车能够稳稳地、快速地行驶在路面上抱有浓浓的好奇之心，两个轮子怎么能做到屹立不倒呢？此刻，双脚离地的这一瞬间，那种无助、不安、好奇加上兴奋的感觉又回来了。

我重心向前，向前，再向前。车子的速度越来越快。无

• 野菊花

助、不安一点点消退,好奇、兴奋像涨潮的海水不断上涌。突然一个丁字路口出现了——乐极生悲这个不变的真理再次得到了验证。透过雾霭我朝左右飞速瞟了一眼后,决定马上掉头。可是车子、身子和我心里的想法并不合拍,人车合一还差得很远。车子往左转了,身子的重心却没及时调整过来……嘭的一声,车子一下子歪倒在地上,身体缓缓地向后倒去,先是屁股着地,股骨被地面重重一击,我下意识用右手撑住地,手心像被针扎似的,还没等我进一步反应过来,背部也着了地——整个人摔了个四脚朝天。我躺在地上,无助地望着黛青色的夜空——那种兴奋的感觉一下子跑得无影无踪了。道旁的桂花树假惺惺地探过身子来,仿佛要拉我一把似的——走开,谁要你的虚情假意啊?

还有,稀稀朗朗的星星透过树枝的缝隙窥视着,那眼神从来没有那般刺眼,这也是在笑话我吗?

屁股火辣辣的,手掌也火辣辣的,全身都火辣辣的,哼,我没那么衰,谁也别想笑话我这个老顽童,我一骨碌爬起来,将车子扶起,周遭鸦雀无声——这有什么啊?不就摔一跤吗?当初学骑自行车的时候,我摔的跤也不少吧?自行车上摔下来疼多了吧?我暗自安慰自己,全然忘了自己现在是一把又僵又硬的老骨头了,哪能和当年的年轻弹簧相比呢。

痛苦随后得到了回报。经过来回几个回合的试探后,我很快掌握了直行时平衡的技巧,手、腿渐渐也不那么紧张了。车子和我的配合越来越默契,两者之间无论物理,还是心理

第一部分：一起走过的日子

的距离似乎越来越近。我怀疑沉睡已久的自行车的记忆在我身上苏醒了。

我不断地在门前小道上来回驰骋，直到平衡车响起"滴滴"的报警声——车子没电了，我才意犹未尽地停了下来。我用一只手拖着车子，孤零零地往家里走。我突然发现，道路一侧的树底下停满了小车，一辆接一辆。我太专注了，刚才竟然没注意到它们什么时候停在这里的。说不定刚刚不少人看到了一个老顽童摔在地上的窘态呢，我的脸颊不由自主热了起来——管他呢，只要自己玩得开心，出点儿丑有什么关系呢？阿Q的形象在我心中从来没有像今天，像此刻这样高大。

真是完美的一个晚上，我终于学会了骑平衡车了，虽然只是一个新手，才刚刚入门，但是满满的成就感。我几乎是踏着歌回家的。

接下来的一周，过得很慢很慢。事情仿佛永远做不完，一件接一件，而且一件比一件棘手。晚上回家，每次路过那辆平衡车的时候，我仿佛看到了它渴望的眼神，仿佛听到了它无声的邀约，"来啊，来啊，你不想再体验风一样的感觉吗？"我极力地装出平静的神情，看了它一眼："不急，不急，周末很快就要到了。"周一……周二……周三，这周过去了一半，却像过了一个世纪一样久。

59

• 野菊花

　　终于又到周末了。白天忙完所有该忙、不该忙的事情后，我长舒了一口气。天刚擦黑，暮霭还在聚集，天边刚刚泛青，门前不时驶过的一两辆晚归的小车，惊起路边觅食仍未归巢的一两只孤鸟，它们扑棱着一下子飞上了天。我拖出了平衡车，迫不及待地搬到了门外的小道上。我站在平衡车上，像将军阅兵一般，身子直直的，眼睛直视前方，向前，向前……

　　过了一会儿，雾霭越来越重了，路灯终于也亮了起来。我基本掌握了前行的技巧。不光是平整的路面，哪怕是路上那些小的坑坑洼洼，我不再回避，而是从容驶过。我觉得我这个学生，虽然是自修生，也要以学霸为榜样，注意科学高效的学习方法。比如，拿出大部分精力去攻难点，而不是花大量时间重复练习已经掌握的知识。这一点，我反复灌输给女儿，虽然她至今还是将信将疑。说干就干，我决定改变练习内容。

　　学习平衡车的难点在转弯，此时也最容易摔跤。昨天摔跤后，我吸取教训，每到转弯的地方，我就知趣地停车，走下来，将车子掉头后，人再上去。今天，我决定重点练一下拐弯技巧。在尝试了几次后，我发现摔跤的原因其实很简单，每次拐弯的时候，人车不能做到同步，车子拐了以后，人的重心却未随车移过来。人的重心之所以不肯调整过来，恰恰是因为害怕摔跤的心理。在人的潜意识里，保持现状是最安全的，所以车子拐弯了，身子仍固执地停在原地。

找到原因后，我就试着慢慢调整自己。知易行难，这个配合的时机很难掌握。不是滞后，就是提前了。练习了好久，好不容易克服了滞后的毛病，却发现往往又拐早了，结果是一样失去平衡，好在有了思想准备，一般是趔趄几步，不至于人整个摔倒在地。

一次，两次，三次……越是艰难越是激起了我的征服欲。我不知疲倦地左转、右转，"砰"，车子摔到地上了，"砰"，又摔到地上了，我一次次将它扶起来，接着再试。慢慢地，我开始掌握到身体调整重心不至于摔跤的时机，在车子刚拐弯的时候，我要快速将身体重心往同一个方向移动，只要足够快，就不会摔跤。这个动作的关键是要克服害怕摔跤的心理，要从心里相信只有身体调过去了，才不会摔跤，克服了这个心理障碍，完成这个动作就顺理成章了。

通过一个多小时的练习，我能做到拐弯时，人不用下车了，虽然拐起来不流畅，速度会大大降低。这是一个了不起的进步。我一遍又一遍地来回穿梭着，从一家家的院门前快速掠过，仿佛一只贴地飞行的老鹰。

在掌握这个动作后，我觉得还要往前再进一步，那就是要解决拐弯和直行的速度不匹配的问题。症结无关心理，好像是结构性的。无论身子转得如何快，车子拐过去后都要停顿一下，因为人动得再快，还是会落在车子后面。

如果身子提前拐呢？我突然灵光一闪。既然身子追不上

• 野菊花

车子的速度,那么如果身子提前拐的话,不就可以做到人车同步了吗?这样会不会有危险呢?

不管怎样,我还是决定试一下,于是,在将要拐弯的时候,我稍稍将身子往将要拐弯的方向倾了一下。完美!车子拐过来后,速度只稍稍降下一点,便继续风驰电掣。我终于体验到了人车合一的感觉,旁边的房屋、乔木、灌木、花朵都一闪而过,我来回穿梭,生命的齿轮来回转动,仿佛生命一次次重启。我不再是一个老顽童,而变成了一个真正的少年。

……

女儿受我的影响,也重拾起了兴趣,嗣后的周末,我们父女多了一项消遣——

御风而行。

第一部分：一起走过的日子 •

漏水的水龙头

滴答……滴答……清脆的声音在夜空中回荡，急促而又精确，就像一座大挂钟发出的声音。四周万籁俱寂，女儿中性笔落在草纸上的沙沙声，隔壁邻居家里偶尔传出的犬吠声，连同这滴答声构成了这初冬夜里的一首小夜曲。

这个晚上，女儿一如既往地坐在书桌边做作业，我则坐在她旁边的椅子上，美其名曰随时辅导她，实则是监督她全心全意做作业。过去的经验表明，只要没大人在旁边，孩子就会松懈，东翻一下，西瞄一下，一晚上过去了，作业马马虎虎的，还不一定能按时完成。

这个滴答声已经持续有一段时间了，从开始的不适应发展到后面的习以为常，一切是那么自然。我渐渐觉得这"滴答"声不但不扰民，反而变得有些悦耳。人真是个感性动物，这漏水分明是浪费，"滴答"声分明是噪声，我怎么变得享受起来了？明明水龙头坏了一个多月了，我既不找修理工，也不自己动手，这是为何？

我突然想起了《肖申克的救赎》里面的那个老头，他不就是在监狱里住久了，监狱也就变成了他名副其实的心灵的归属地——家，不自由变成了自由吗？我不会也有这种受

63

• 野菊花

虐倾向吧？想到这里，我的心里不自觉战栗了一下，那清脆的声音突然也变得无比刺耳起来。我瞧了瞧一旁聚精会神的女儿，决定马上动手，我不能让水龙头再滴水了，毕竟堕落往往是从小事开始的。

说干就干，不过我不想蛮干，毕竟自认为是文明人。于是，我打开手机，看看网上有没有水龙头维修的资料。不出所料，相关资料比比皆是，我选了一个内容简短而且一看就懂的视频，认认真真将其看完。看完视频，心中更有把握了：水龙头漏水，无外乎两个原因，要么里面的一个紧固螺母松了，要么里面的垫片破损了，只要按照视频的步骤做，就一定能修好水龙头。

我将拆修步骤熟记于心后，决定照葫芦画瓢，撸起袖子干起来。我哪知道，意气风发的战士半个小时后会变成一只垂头丧气、斗败了的公鸡。

坏的水龙头位于卫生间的一角，它原来是一个洗衣机的入水口，后来废弃了。没想到水龙头长久不用也会出问题。一个月前它就开始漏水，而且情况越来越严重，开始是用小盆接，到后来不得不变成水桶，否则坚持不了一天。

磨刀不误砍柴工，活要干得漂亮必须有好的工具，我深谙其中道理，于是我在橱柜里七找八翻，总算翻出两套齐全的工具。我将钳子、螺丝刀、扳手等工具放在水龙头旁边的洗手台上，一字摆开，一场大战即将开始。

我仔细观察了一下眼前的水龙头，这是一个不锈钢的、旋钮式的水龙头，上面还带有一个一体式的小手柄，转动起来还比较灵活。故障现象是水龙头即使关紧了，下面还是在不停地漏水。水龙头上方有一个半透明的塑料小圆盖，我知道里面暗藏机关。我小心翼翼地用螺丝刀去撬圆盖，可是怎么也插不进去，换了几个工具都不行，总是打滑。正出师不利之际，我突然灵机一动，想到随身携带的小指甲剪。这个小剪子刀片很薄，而且前端微微弯曲，说不定行。我将小剪刀的尖端斜插到圆盖边缘，稍稍一用力，只见圆盖"嘎巴"一声就掉了下来，一个圆形小凹槽马上出现在面前，我用螺丝刀三下五除二将里面的螺丝卸下来，旋钮一下子就松了。

成功就在眼前，想到等会儿跟女儿吹牛的场景，心中一阵小激动。我取出旋钮，里面一览无遗。一个细长的空心螺管，底部套着一个八角铜质螺母。旋钮原是套在螺管上的，它和旋钮一起配合，负责水龙头的开和关。根据从网上查到的资料，若不是那个八角螺母松了，就是螺母里面的垫片损坏了。简单起见，我决定先紧下螺母试试。

我将一个小扳手小心翼翼套住螺母，渐渐加力，螺母就像焊在那里一样，纹丝不动。看来时间久了，有可能锈住了，要用大力气才行。我岔开双腿，再次将扳手套好，调好角度，一、二、三，我使出了吃奶的力气，螺母终于

• 野菊花

开始转动，水流马上变小了些。我心中不禁一阵得意，曙光就在前头。我没有急于求成，而是放下扳手，用力搓了搓手，往手心吹了口气。休憩片刻后，我准备一鼓作气，一举攻下这个堡垒。

我再次套上扳手，用的劲儿越来越大，螺母在慢慢转动，水流一点点在变小。然而还没等我高兴多久，很快，不管我用多大的力气，螺母再也不动了，而且稍不注意，扳手就开始打滑。一次、两次、三次……还是不行。

看来这条路走不通，我决定走第二条路——反向使劲，松开螺母。如果能将它拧下来，换一下里面的垫片，问题同样也解决了。出乎意料的是，这次直接打脸，不管我怎么用力，螺母就是纹丝不动，是不是前面拧得太紧了？

我有点急了。

于是我换了一个扳手，继续用力，还是不行，只感觉到扳手一套上螺母，越用劲就越打滑。我变得不耐烦起来，干脆拿起小锤子，直接敲打螺母。这一敲不要紧，水流一下子变大了，但螺母却更加扳不动了。我心中开始发慌，又开始反向用力。想让水流再变小，可越急越使不上劲儿。

我一会儿正向拧，一会儿反向拧，水流不但没有止住，反而越变越大，而那个八角螺母的形状早就变成了圆形，扳手再也使不上力了。我手忙脚乱,额头上不知不觉渗出了薄薄的一层细汗,心情也变得异常烦躁起来。

"爸爸能不能小声点儿?吵死人了!"不远处传来女儿不耐烦的声音。

"好的……好的……马上就好了!"我忙不迭地回答着,双手并未放松下来,一记重锤砸下去,"砰"的一声,水龙头应声落地,几乎在同时,一股强大的水流从墙里直接射了出来,我的头部、脸部、衣服、鞋子……瞬间都被浇透,我赶紧弯腰捡起水龙头,顶着水柱往墙里插,哪里还插得进去!

汹涌的喷水声,女儿的惊叫声,混成一片,我眼前一片空白……

夜深了,我躺在床上,在黑暗中睁着眼睛,死死盯着天花板,细节像过电影似的在脑海里闪过,真是一次难忘的经历啊!教训不可谓不深刻:

第一个教训,任何时候不要试图用业余水准(包括爱好)去挑战人家的饭碗,看上去对别人很容易的事情,对于你来说不一定。有的成本是不能省的。

第二个教训,笛卡尔曾讲过,如果一个人在森林里头迷

- 野菊花

路了，想出去，选定一个方向后，一定要坚信自己是正确的，不要走了一会儿怀疑自己，又换方向，反反复复的话就可能永远走不出去。研究学问如是，其他事情大体亦如是。

从此，我的这个糗事成了女儿口中的笑谈，当然提多了，也就不那么尴尬了。

第一部分：一起走过的日子

打篮球

几天前的晚饭后，和女儿一起在小区里散步。夜幕还没完全降临，阳光见缝插针地洒落下来，让万物染上了最后的一抹余晖。人行道边的银杏树高高耸立，不时有一两片树叶飘落下来——秋天说到就到了。我们一边欣赏着夏末秋初的美景，一边漫无边际地聊着天。

像往常一样路过小区篮球场，噢，里面一如既往的人声鼎沸，好几个篮球爱好者——清一色的二十多岁的年轻人——在上面龙腾虎跃，好不热闹。他们人手一球，各玩各的，你却永远看不到两个篮球同时出现在篮板上；无论哪个球滚落下来，总有人及时地捡起来，大家配合得天衣无缝。

热火朝天的场面一下子吸引了我，看我不挪步了，女儿突然冒了一句："老爸，想去就去呗。"
"你说什么呀？"
"你知道我说啥。"她做了一个鬼脸，俏皮地说，"真没什么的。"
我用手指了指胸口，又指了指球场："你确信？"
"我确信。"
我快步走进了球场。人刚入场，一个球就飞了过来。球

- 野菊花

是从一个小伙子手中飞出的,他未发一言,仿佛是传给一个熟悉的队友。我趔趄了一下,勉强接住球,手心有点冒汗了。然后,低头向前小跑两步,一抬手,球飞了出去。我站在原地,看着球画了一个弧线,还好,挨着篮板了。我一下子就来了劲。

我很快融入了这支球队。离上次摸球快有十来年了吧?虽然开始有些生疏,但很快又找回了久违的乐趣。没有人在意我跟跄的脚步和频频飞出篮板的篮球。运球、传球、投篮、捡球……一切是那么的自然。我忘记了时间的流逝,也忘记了一旁观看的女儿……

夜幕终于降临了,球场四周的大灯也亮了起来。我浑身都湿透了,但是从里到外却是前所未有的轻松。当了这么多年的观众,怎么没想到下场体验一回!

在回家的路上,女儿瞧了瞧眼前那个哼着小曲、踏着舞步的老男孩,笑着说:"老爸,怎么这么开心啊?"
"你说呢?"我反问道。
"是因为你又摸球了吧?还有,和一群陌生人玩也不尴尬,年轻人也没有嫌弃你的年龄和球技,有点儿意外吧?"女儿一眼看穿了我的心思。
"你猜……猜得对……确实是因为我试着改了一下习惯,做了一件好久没做过的事情,感觉不赖。"

毛姆说，为了使灵魂安宁，一个人每天要做两件不喜欢的事，我觉得可以补充一下：为了保持生活的激情，一个人每天要做一两件不愿做、害怕做或没做过的事情。

今天女儿见证我迈出了一小步。

- 野菊花

一张纸，两张纸

"丁——零——零——"一阵急促的铃声在耳边响起，我一下子被惊醒了。睡眼惺忪的我抬头看了看床头的闹钟，六点整。我一个鲤鱼打挺爬了起来。

今天，是女儿开学报到的日子，一家人的头等大事。

我走到客厅，一眼望见地上放着整整齐齐的箱包，顾不上和她们母女打招呼，拎起就往外走。好沉。她们母女前一天就开始准备了，一个礼拜的衣服、课本、作业本、试卷、大小文具盒、培优的课本和试卷（这些是课余时间要做的，下个周末回来培优老师要检查），还有水果、饭卡、电子手表，等等。这些东西都要分门别类塞到两个箱子和一个书包里。

两人昨晚忙到转钟以后。

我气喘吁吁搬完行李，母女准备吃早餐了，我还没来得及为自己起晚了表示歉意，女儿就来了一句：

"老爸，健康证明打好了吗？一家人的要打印在同一张纸上。"

"什么健康证明？什么一张纸？"我有点发蒙。

"学校要健康证明，而且特别注明必须打印在一张纸上。"

我想起来了，女儿头天提醒过我。家里打印机出了点小故障，手机连接不稳定，为了保险起见，女儿特别嘱咐我在单位打印好健康证明带回家——我忘了。

看到女儿眼泪马上就要出来了，我赶紧说：

"对不起，对不起，老爸马上去弄，看能不能用家里的打印机打印出来。"

"家里的打印机能打印出来，不早准备好了，还指望你？这可怎么办？八点半要报到，现在外面的打字社还没开门。"

"别急，别急，你们先吃，我不吃了，我马上去弄打印机。"

我一个箭步跑到书房，心急火燎地打开书桌上电脑的开关，屏幕里的小人转啊转，一副压根儿没打算停下来的样子。我只能待在一旁干着急。噢，终于出现了欢迎界面。我忙不迭地连上手机，手忙脚乱地将三个人的健康证明和行程码传上去，然后，又费了九牛二虎之力，排版妥当。好不容易忙完这一切，我揩了一下额头的汗，打开了打印机。

那台打印机像个气数将尽的老汉似的，呼哧呼哧喘着粗气，等了好大一会儿，才有气无力地吐出了一张纸，我如释重负。正要拿起走人，没想到，还没等我离开，又有一张纸从出纸口冒了出来。

搞什么鬼？怎么出来了两张？我揉了一下眼睛——没错，是两张——三个健康证明打到两张纸上了。

我有点气恼，口里咒骂着，又开始折腾起来。这次好像运气用完了，怎么弄，也打不到一张纸上。女儿的声音不断

• 野菊花

从餐厅传过来：

"好了没？好了没？我们要走了，老爸。"

"快好了，快好了！"我忙不迭地回答。可惜无论我怎么努力，老怪物好像专门和我作对似的，屏幕上清清楚楚，明明白白是一张纸，吐出来的却是两张。

我终于选择了放弃，忐忑不安地走出了书房。

女儿看到我手上的两张纸，眼泪一下子就涌了出来：

"怎么是这样？怎么是这样？"

看到女儿泪潸潸的样子，不知怎么的，一股无名火突然冒了上来：

"两张纸怎么啦？不就是要看检查结果吗？几张纸有什么关系？"

"有关系，就是有关系，老师专门交代的。"

孩子她妈也开始帮腔，数落我不靠谱。我的气更大了：

"既然你们认为两张纸报不了到，那我们今天不去好了。"

说完，我摔门就走，不顾女儿在身后号啕大哭。我揣着车钥匙在家附近转了好几圈，等气消得差不多了，才回到家门口。女儿仍在哭泣，隔壁的邻居正在劝她。

看着她泪水涟涟的样子，我气又上来了。我冲到她面前，嚷道：

"女儿，你知道吗？这个世界上大部分事是小事，无须较真的小事，不是什么事情都要做得完美无瑕的。学校关心的是健康证明的内容，至于是不是打印在一张纸上，有那么重要吗——"

"没那么重要？什么是大事？什么是小事？小事做不好，大事就能做好？时代变了，别以为你说的什么都对。"女儿没等我说完就把我怼了回去。

时代变了？女儿的话像一记重锤敲到了我脑门儿上。

"真的是太蠢了，太蠢了！"我气都不打一处来。

过了好一会儿，在邻居的劝说下，我终于冷静下来，启动车子，风驰电掣地往学校方向驶去。

一路上，我一边开着车，一边四处张望。天遂人愿，终于发现一家打字社开门了，我猛地刹住了车。正在店里打扫卫生的老板，看我焦急跑过来的样子，忙将手上的扫帚放到一旁。

五分钟不到，一张纸从一台大打印机里面轻快地溜了出来，三个健康证明排列得整整齐齐，一眼望去，温暖、亲切、惬意。我揣着它，边跑边喊：

"打出来了！打出来了！"引得路人纷纷侧目。

终于到了学校。一家人拖着行李往大门口走。一个年轻男保安伸出一只手拦住了我们：

"请出示健康证明！"

女儿一脸坦然地将那张纸掏了出来，没想到保安只是斜瞟了一眼，看都没看内容，就放下了手臂。

女儿迈过闸口，没走几步，突然回头意味深长地朝我挥了挥手，我的心马上被触动了一下。于是，我走到保安旁边，他正在检查另一个学生。学生晃了一下手上的纸，保安大手

- 野菊花

一挥就让过了。我装着什么也不懂的样子问道：

"你不检查那个什么证明吗？"

"我看到了那张纸。"

"应该检查那个证明吧？"

"我说我看到了那张纸。"保安有点儿不耐烦了。

我识趣地退了下来。

送走女儿，回到家，白天稀里糊涂地过去了。晚上，我躺在床上，白天的事情像放电影般从脑海里闪过。

难道时代真的变了？女儿的话仿佛又在我耳边回响。

突然我想起了很久前看到的一个小故事：

地点：某精神病医院病房。

人物：一位精神病医生、一个疯子。

情节：一位精神病医生到病房巡视，看见一个疯子全神贯注地在澡盆里钓鱼，便走过去以关心的口气问他："有咬钩的吗？"疯子瞥了他一眼，说："没有，笨蛋，不知道这是澡盆吗？"

我觉得自己一会儿变成了那个疯子，一会儿又变成了那个医生。

第一部分：一起走过的日子

堵车不烦了

每天早上，送完女儿到学校，就进入了受虐模式。学校离办公室有几十公里的距离，沿途企业机关众多，一到早晚上下班高峰，堵车成了常态。

堵车不是一种很好的体验，每当前方的车子速度慢下来的时候，我的心就会悬起来，就会祈祷，千万别停下来，别停下来。然而，十之八九，前方的车尾还是会亮起红灯。到那时，不祈祷了，却又开始更漫长的煎熬模式。一会儿低头瞧一下车里的仪表盘，看过去了多长时间，一会儿伸长脖子，看前面动起来没有。前方的车子走走停停，我的心也跟着七上八下。

就这样，十分钟，半个小时过去了，我的心弦一直紧绷着，急不可耐，烦躁不安，直到车流畅通起来为止。

日子就这样一天天过去，十天当中，没有九天也会有八天堵车，日常工作没给我带来太大的烦恼，但它每天的序曲却让我恐惧，我越担心，它就越发生。这种情形持续了很久，直到有一天我突然开了窍。

那是一个晴朗的早晨，一走出家门，就听见小鸟的叽叽

· 野菊花

喳喳声，不绝于耳，好不热闹。蓝色的天空，不见一丝云彩，整个世界显得格外澄净、透明。我的心情随之轻快起来，发动车子的时候，心中暗想，今天有这么好的开端，我打赌一定不会堵车。

你还别说，刚开始的时候还比较顺利，似乎真的一切如我所愿。虽然车子一路也走走停停，但是停的时间很短，车流还能动，有时红灯时间稍微长点，还能忍受。半个小时过去了，车子终于上了高架桥，我松了一口气。照往常经验，只要上了高架桥，前面的路就会畅通无阻。想到这里，我不自觉加大了油门。

车速不断提高，很快就超过了 70 码，风驰电掣的感觉不要太爽。只需不到十分钟，车子就可以下高架桥了，目的地就在前方，我不禁吹起了口哨。正当我得意之时，前车尾灯突然亮了，我猝不及防，脑子"嗡"的一声，本能地踩了一下刹车，车轮发出刺耳的摩擦声，车子终于紧贴着前车的尾部停了下来。好险啊，差一点儿就贴上了。怎么回事？不是开过了堵车路段吗，怎么高架桥上也堵车啊？我有点儿发蒙。

我抬头望去，只见前方卧着一条长龙，一眼望不见头，纹丝不动，就像被钉在桥上似的。看来不是一会儿的事了，我将车子熄了火。

第一部分：一起走过的日子 •

希望越大，失望越大，我的心情沮丧到了极点。越想越生气，到后来有点儿气急败坏了。小样的，不就是堵车，有什么了不起？我还真不急了。想着想着，我将双手从方向盘移开，为了转移注意力，我不再盯着前方，而是左顾右盼起来。

就这样，我看见了平时没注意到的风景。一轮红日挂在东边的天空上，光芒万丈。桥下面不少房子、街道、树木都披上了一层金色的外衣。那个红色的圆球不断向上爬，阳光像一个精灵似的，跳跃着，从一个地方跳到另一个地方，仿佛要将这个世界的一切统统从沉睡中唤醒，它所到之处，一片金色，一片生机勃勃。连四周那一座座呆板的、了无生气的高楼仿佛也有了生气，窗户向外泛着耀眼的白光，让人眼睛不敢直视。几只鸟儿在空中盘旋着，时而拍着翅膀冲上天，时而一个俯冲落到树上，落到房顶上，你追我赶，那般自在，仿佛它们才是这个暖意融融的世界的唯一主人。

房屋、树木、湖泊、草地、道路、行人、车辆，一切的一切，都悄无声息地和光跳着舞，我仿佛看到了欢快的舞步，听到了那动人的、舒缓的乐章。

阳光透过车窗照到我的脸上，我不但能感觉到温度，甚至也感觉到它抚摸的力度，轻柔又恰到好处。一股恬静的气流从心底流出，然后弥漫全身，我的烦躁不安的情绪一下子消失得无影无踪。我突然觉得时间变慢，甚至停下来是一件

79

• 野菊花

美妙的事情。我沉迷其中，不得自拔……

　　从此以后，堵车不再是一件令我烦恼的事情，只要车子停下来，我的神经就会松弛下来。我不再抱怨，不再坐立不安，而是心平气和地接受。听听音乐，看看风景，或者干脆闭目养神……就这样，躯壳留在静止不动的车里，心却在看不见的河流里随波逐流。

第一部分：一起走过的日子

女儿小学毕业了

下班回到家里，女儿忙活了很多天的特殊纪念品——客厅地板上那套形态逼真、功能齐全的飞船——终于接近成型，此刻我才真正意识到，女儿真的快毕业了。

刚吃完晚饭，还没来得及离座，女儿瞄了我一眼，冷不丁来了一句："老爸，今天我陪你散步好吗？"我闻言有点儿受宠若惊——记忆中她好像从来没有这般殷勤的，忙回答："好啊，好啊！"

两人一前一后走在小区小道上，漫无目的地溜达着，谁也没怎么说话，走着走着，突然女儿又冒出来一句：
"老爸，我走后，你想我怎么办？"
"会吗？你怎么这么想？每个周末都要接你回家的啊！"
"我是说以后不能每天见着了，万一想了怎么办？"
女儿在离家的前夜提出这个问题，不是没有原因的。那么多个日日夜夜，两人朝夕相处，除了在学校上课外，上学途中、放学途中，晚餐后，睡觉前，只要有时间，我都会陪她。从明天起，一切将会变得不同，别说她，我真的能适应这个变化吗？

往事一幕一幕，涌上心头。

• 野菊花

从三年级开始，到女儿学校是半个小时的车程，我工作单位也差不多，不过遗憾的是两者正好处在家的南北两端。我刚开始送女儿上学的时候，感觉这个安排，无论是从时间，还是从油耗，都太奢侈，不过转念一想，以前陪女儿不多，说不定这是个拉近双方距离的机会，先试试看吧，后期实在不方便那就算了。没想到这一送就是三年。

这三年花在和女儿相处的时间很多，表面上看划不来——就像送她上学绕道一样，但细品就会发现不但没有浪费时间，反而收获很多，收获岂止很多，而是远远超过付出。我原先以为家长的使命是帮助孩子成长，是单向的，我的亲身经历表明，其实更多的时候也许是孩子帮助家长成长，最起码帮助是双向的。

急躁的毛病在我身上由来已久，无论是工作还是生活，深受其害。我不是没有意识到它的危害，而是一直下不了决心改掉它，潜意识里也不认为能够改掉这个毛病。不是有句俗语嘛，想改变自己是有病，想改变别人是有神经病。没想到送女儿上学，让我很大程度改掉了急躁的老毛病。

有段时间，学校到单位的路上在修一座高架桥，这是一条必经之路。每天早上，从孩子学校出来，除非很早或很晚，否则我就会被堵在高架桥上，一堵就是半个小时，你想打个盹也做不到，车子并不是完全不动，隔一两分钟，你还得向前挪一下，反应稍慢点儿，后面的车就会响喇叭。我心中每时每刻都在念叨前面的车快点开，快点开。人待在车里简直度日如年。

有一天，我突然想通了，再急也没有用，你还是一样得熬过这半个小时，为什么不变个法子享受它呢？

一想通，我的整个心态就变了，心态一变，眼前的世界也随之而变。我浮躁的心一下子平静下来，半个多小时不知不觉就过去了。那天以后，堵车不再是一件让我心烦的事情。再以后，遇到任何烦心的事情，我会尝试着不那么急躁，无论外界多么嘈杂，我也会本能地回归自己的内心，试着不带情绪地去观察，了解事情的真相。

送女儿上学的堵车经历，让我身上浮躁的毛病有了很大程度的改观。

女儿身上还有很多与生俱来的品质，让我汗颜，这也是在这三年慢慢发现的。

还是以上学为例吧。每次到了学校门口，她绝对不允许我将车停在学校大门口，像某些家长一样。用她的说法，不能只图自己方便，妨碍他人进大门，再急也不行。有两次因为快响铃了，我一着急将车停在了校门口，回头叫女儿赶紧下车，没想到她竟然坐在后排纹丝不动。

83

• 野菊花

我急着说:"小祖宗,就这一次,你下车了我就走,行不?"

"不行!"她坚决地摇着头。我没有办法,只好将车开到前面很远的地方,找个空地停下来,这样她才肯下车。

因为她,我也养成了停车的个人习惯,比如永远车头朝外,永远停在斑马线以外,永远不堵住别人的车子,永远不停在人家的门口……

我们在一起的时候,无论是在家里,还是外面,只要有机会,就会聊天——聊学习,聊游戏,聊工作……天南海北,想到什么聊什么。女儿一次次用语言和行动,让我对她刮目相看。好多次我都怀疑,到底她是小学生,还是我是小学生?

一次有个读者在网上给我留言,说我的某篇文章文笔很一般,尤其是对话太书面化,不吸引人。我看到后有些沮丧。女儿的一句话让我刮目相看。她说:"这是好事啊,那个读者提意见,表明他是认真地看了你的作品,你要高兴才对,更何况他还跟你提出了有用的建议,你下次写作的时候注意一下,你的写作水平不又提高了吗?"虽然我没好气地回了句:"哪有这么容易!"但在心里,我不得不承认她的话在理。从此以后,我注意更多的不是好评,而是差评,这是女儿教给我的,尽管出于自尊,我从没向她透露过。

还有一次，我意有所指地感叹，如果让我回到十年前，我一定不会虚掷光阴，我会想方设法将想看的书看完，想做的事做完……

"不可能，老爸，不是我打击你，别说现在让你回去一次，就算回去一百次也没用，只要你回到过去，你还会觉得时间有的是，机会有的是，你还是会和当初一个样，对了，一句话怎么说来着？狗 —— 改 —— 不 —— 了 —— 吃 —— 屎！改不了的，只有时日不多的时候，你才会真心想改，可惜，为 —— 时 —— 已 —— 晚 ——"

我无言以对，本想以自己为反面教材，教育她珍惜少年时光，好好学习，没想到反被她揶揄了一把。

毕竟是孩子，和天下所有的孩子一样，女儿有好玩的天性，比如喜欢玩游戏。其中，捉迷藏和搭积木最能让她乐在其中。捉迷藏不能一个人玩，于是每次我不得不充当玩伴。下班回家后，只要女儿做作业累了，她就会问我，老爸，我们玩个游戏好不好？我知道，要么是捉迷藏，要么是搭积木。讲故事一般是在晚上，刚上床睡觉的时候，那是压轴戏。

捉迷藏看似简单，其实不简单。要找到，得花时间和大力气，她实在太会藏了；找不到，她就会说你笨，怎么找个这么笨的爸爸；偶尔一下子找到了，她就会说我作弊了，和我玩没意思。唉，做一个合格的玩伴难，做一个合格的玩伴

• 野菊花

兼合格的老爸，更难。

搭积木这个游戏，女儿不需要耍任何花招，真刀真枪，我完全不是对手。无论是哪种积木，我都只能按图索骥，亦步亦趋。先看图纸，再在零件堆里找到零件，然后一个个笨手笨脚地拼在一起。拼着，拼着，发现不是零件错了，就是位置错了，再不就是顺序错了，唉，又得推倒重来。不一会儿，我就汗流浃背了。我还没搭到一半，女儿已经整个完成了。任何游戏，人家只需看一下图纸，基本上就不用再去理会它，一切都存在她的脑子里。我呢？简直成了一个木偶和机器人，每搭一个零件，就要先看一下图纸，否则寸步难行。

我觉得自己和女儿相比，表面上看是搭积木的技巧存在差距，实质是内在素质存在差距——岁月已经毫不留情地抹掉了我的想象力，还有创造力。推而广之，我悲哀地发现，无论是工作还是生活，只要离开了设计好的"图纸"，我都举步维艰。

这个发现让我警醒。于是，每每遇到新事物，我本能性地想抗拒，想找借口逃避的时候，我告诉自己，不要逃避，不能逃避，逃避只有一个下场，那就是被社会淘汰，被女儿小瞧。于是，我就会打起精神，重新上路。

女儿喜欢听故事。每天睡觉前，要我讲一两个故事，才肯入睡。刚开始我还能应付，讲着，讲着，就黔驴技穷了。既要情节吸引人，又要符合逻辑，还要不重复，太难了。后来实在是编不出来了,就开始打马虎眼,开始瞎掰,什么狼喜欢上羊,羊喜欢上狼,越来越不着调。我发现女儿好像并不在意,照样听得有滋有味的。我有点儿明白过来,她闭着眼睛迷迷糊糊的,根本没有分辨能力,她要的不是故事,而是陪伴!发现了这个秘密后,我如释重负,再也不将讲故事当成负担了,纯粹动动嘴皮子,有什么好烦恼的呢?

我以为可以一直这样轻松下去,直到最近的某天晚上,临睡前,女儿突然问我:

"老爸,你哪天给我写一本童话故事书,好不好?"

"好啊,我给你讲了少说也有一两百个故事了吧?你帮我回忆回忆,然后整理出来,不就是一本书了吗?小意思——"

"你看过王尔德的童话吗?真的很好看啊。"

"没看过,不过我看过安徒生的书。"

"就算他的作品,你总共才看了几本,那是多久前的事了,你心里真的没数?世界很大,还有很多很多作家呢。你不觉得你前些天讲的故事很幼稚吗?"

没等她说完,我恨不得找个地缝钻进去,原来她一直在装糊涂啊!我不敢回想自己胡编乱造,还自鸣得意的样子……

好了,女儿要离开了,此刻想到的都是她的好。事实上,她在身边的时候,表现出来的缺点一点也不少。比如邋遢,比如不爱收拾,比如喜欢临时抱佛脚……这些都是我很痛恨

• 野菊花

的缺点。另外,她的学习成绩一直是中上等,不过这恰恰是我最不担心的,我一直认为学习是一辈子的事,一时的成绩好坏,说明不了什么,更决定不了什么。

"老爸,你怎么不说话啊?"

女儿一下子将我从沉思中拉了出来,"不会回答不了吧?"

"不是,不是,其实你想啊,我们一两个月没去看爷爷了吧?"

"是啊,不是过几天就要回老家吗?"

"你看,我小的时候,是每天都能看到爷爷的,如今呢?要等几个星期,甚至一两个月。你呢,现在也慢慢长大了,将来有一天,你也会和我一样——"

"不会的,不会的,我要每天都能看到你。"

女儿焦急地打断我的话,我没有再反驳她,也不想让她难过。女儿总有一天会明白,人这一辈子,就是一个不断离开,不断分别的过程,再亲的人,最终也会成为过客,再美好的事,最终也会成为回忆。

女儿终于毕业了,感谢她的一路相伴!

第二部分：成长从思考开始

　　我的脑海里经常会产生一些想法，在酝酿成型后，我就会习惯性地将它们整理出来，一方面用于自省，另一方面也想给自己关心的人——包括已经走入社会的儿子——系统地谈谈来龙去脉。

　　当然，我一点不怀疑其中一些想法无异于诡辩或者偏见，就像苏格拉底曾经讲过的，一个干净的人和一个邋遢的人谁先洗澡一样。我想提醒注意的是，这些想法产生的背景可能比结论更有价值。

　　愿天下所有的父母，能有机会和孩子们围炉清谈，将自己的人生经历和思考感悟平和地奉献出来，不是教育，不是居高临下的指责，而是心与心的交流。

人是为了思考才被创造出来的。

——布莱士·帕斯卡

一场激烈的争论

晚上和儿子进行一场针锋相对的对话，话题从他喜欢看成功人士的经历展开的，他谈到很欣赏一些著名企业家，也佩服一些政治家，我先是表达了了解并学习这些企业家或政治家的思想和处事规则的必要性，但同时也劝他适可而止。

我：你这几年看了太多的成功人士的书了，最好不要花太多精力了，说不定别人成功的经验有一天反而会成为你成功的障碍。

儿子：怎么可能？我就是要学习他们的思想和做法，引导我走向成功。

我：儿子，你听说过元理论吗？

儿子：你说说看。

我：元理论指的是指导所有理论的理论。比如，表面上看，自然界的所有动植物形态各异，以植物为例，有的常青，有的落叶，有的开花，有的结果，区别很大，动植物之间更是存在天壤之别了，但所有生命体的底层逻辑是一样的，那就是万物体内的有机物都来自太阳光，他们长大长高离不开太阳的光合作用，研究生长规律的时候不能被万物表面的不同蒙蔽了，太阳的光合作用就是万物生长的元理论。

再比如物理学，爱因斯坦毕生在追求一种解释所有力的

• 野菊花

作用规律的统一场理论,这个理论可以解释宇宙间一切物理现象,爱因斯坦虽然相信一定存在这个元理论,但到死也没成功。杨振宁的规范场理论往前迈进了一步,统一了除强力之外的三种力的作用规律,人们普遍相信,有朝一日会诞生一个大一统的理论(当然,量子理论阐明了世界的不确定性,这是另外一个维度的事情)。

儿子:这个和我谈的企业家有什么关系?

我:在物理学存在元理论,其实企业经营也存在一个元理论,或者马斯克所说的第一性原理。企业成功的原因只有一个,失败的原因各不相同。企业的成功,底层逻辑不多,差别也不大,不需要研究那么多成功故事。

儿子:请举例。

我:以你津津乐道的两家行业巨头为例,一家从事通信行业,一家从事互联网行业;创始人的背景完全不同,一个军人出身,另一个教师出身;一个理科生,另一个文科生;一个不喜欢抛头露面,另一个国际级网红。但是仔细研究他们企业的特质,你会发现他们最基本的底层逻辑几乎相同。

儿子:愿闻其详。

我:首先,中国的很多高新技术企业都有一个共同的特质,就是起步阶段对标国外行业头部企业,比如思科、亚马逊等,先从模仿他们开始。学习他们先进的经验并移植到国内。

第二部分：成长从思考开始

儿子：难道企业文化也相同吗？

我：大同小异。通信行业巨头本质上是学习军队管理制度和打法，只不过将战场换成了商场。公司文件里面军事术语比比皆是，什么炮火，冲锋，蓝军红军对抗，用让听得到炮火的人来决策，等等。

儿子：互联网公司呢？

我：别看创始人教师出身，喜欢在公众面前唱歌跳舞演戏，他管理企业那套和前者并无二致。比如，对所有的业务人员实行冷血的业绩末位淘汰制，一个考核周期没完成任务的最后一名，立刻被辞退，没有任何人情可讲。一个大区经理在一个地方待久了，怕你躺在功劳簿上倚老卖老，每隔一段时间就轮换一次。

儿子：我觉得前者主要的文化是"以客户为中心"，要不我寄一本书给你，讲的就是他们以客户为中心的理念。你不能沉浸在自己的世界里。

我：我认为，以客户为中心是最浅显的商业逻辑，连一个卖菜的都知道去取悦顾客，这个理念绝对不是大公司的底层经营逻辑。

儿子：我能讲很多他们以客户为中心的故事。
我：这是表象，以客户为中心不是成功企业的元理论。

儿子：你觉得不需要学习这些成功的高科技公司的经

93

- 野菊花

验吗？

我：我主张学习他们的方法论，但不过分研究所谓的"以客户为中心"等商业理念性的东西，我不挨个研究那些成功公司成功的原因，我认为那些不同都是表象，底层的逻辑就是企业的元理论，基本差不多，犯不上花精力去研究现象级别的东西。

儿子：我还是认为，如果所有的事情以客户为中心，企业发展一定会很好。

我：我坚持认为"以客户为中心"这句口号不是那些大企业成功的根本原因，更何况实际上不可能做到事事以客户为中心。

儿子：确信我没听错？

我：你没听错，作为一个企业如果每件事情都听客户的，早就死翘翘了，原因无他，就是成本太高。你不知道的是其实任正非还有一个灰度理论，就是任何事情不能过犹不及。

儿子：我还是觉得要学习一个企业，就好好研究它，学习它的一切。

我：回到最初的起点。我认为大到一个国家，小到一个企业，成功的底层逻辑大同小异，不用花太多精力去研究表面的东西，有那个时间不如去研究方法论，研究企业普适性的经营之道。

儿子：你觉得不应该研究特定的企业？

我：学习优秀企业具体的做法，比如质量如何控制、现场如何管理、人员怎么激励，等等。但不花时间学习他的比较虚的理念和文化。

儿子：我觉得你有点儿太固执，太自以为是了。

我：所有的成功的故事都属于过去，除了一些技术性的细节外，都不可复制，如果沉迷于研究这一个个成功的案例，反而会让你迷失了方向，这些成功的经验有一天说不定会成为你成功最大的绊脚石！

儿子：你让我不读书？不学习别人成功的经验？太荒谬了吧？

我：我的意思是你只需了解企业成功最基本的底层逻辑就可以了，更多的时间应该去学习方法论，去反复实践，从失败中去总结，别人的成功不可复制，要像浮士德一样，从书斋里走出来。

儿子：你认为中国科技企业成功的元理论是什么？

我：选定一个有广阔需求的行业，对标最先进的国外公司采取跟随战略，战术上强调执行力压倒一切，这就是我理解的改革开放以来中国成功科技企业的元理论。（注：当然我的概括不一定很准确，但我还是坚信大部分成功的本土科技企业一定存在共同的底层经营逻辑，本段对话为脑补内容。）

· 野菊花

儿子：我还是认为，你真的认为你正确的话，为什么不也创办一家有影响的头部企业看看？

我：这个问题不是一两句话能说清楚的，我只能打个比方，有的人擅长烹饪，有的人擅长品尝，两者都有存在的价值。

儿子：你这是狡辩！

我笑而不语。

急不得的人生

你有没有注意到，身边存在着这样一些人——而且人数还不少，任何时候见到他们，永远是神色凝重，脚步匆匆，似乎他们永远都在赶场子，稍稍慢点，好像就要错过什么。

"快点！快点"是挂在他们嘴上的口头禅，不但他们自己无时无刻不在赶路，周边的人也被他们用一根看不见的鞭子驱赶着，无论愿意不愿意。然而，世上的事情真的都那么急吗？下面让我们来看看一些熟悉的场景吧。

上学是一件再普通不过的事情吧？谁能想到，对于一些家庭来讲，它每天是一场战斗，一场惊心动魄的战斗，无论是对家长，还是对孩子。这场战斗从家长早上睁开眼睛那一刻就开始了。"快点，快点"的号角不绝于耳，声声催人急。睡眼惺忪、刚从被窝里爬出来的孩子们，梦都没醒，就像没脑子的机器人一样，指哪打哪——不，更确切地说，像陀螺，被家长用鞭子抽的陀螺，稀里糊涂地转个不停：选好的衣服在哪里？文具盒（或餐具盒）怎么不翼而飞了？红领巾怎么不见了？昨天做好的作业呢……大人也好不到哪里去，车钥匙在哪里？门钥匙在哪里？手机明明装在口袋里的，怎么找不到了？公文包放哪里了？唉，今天找不到，算了吧。孩子，你早点怎么吃得这么慢啊……一件接一件，大人和孩子

• 野菊花

全都忙得晕头转向。

　　战斗的结果往往并不理想，总有一件事让家长崩溃。孩子不是脚上穿了两只不同颜色的袜子，就是落下了老师反复交代要上交的家庭作业，要不就是到校门口才想起今天要出去郊游，不用带书包……家长们不知道为什么会这样，只能怪孩子太粗心，太没出息，没有"别人家的孩子"省心。

　　然而，家长们很少问自己，每天早上为什么这般忙乱？他们有没有想到这一切，和他们急躁的心情有直接的关系。无论是上学，还是上班，真的有那么急吗？就算迟到一次，天会塌下来吗？更何况，越急越坏事。

　　假期难得去剧院看场演出。我们往往会发现，演出没结束，大部分人就站起来了，很多人看了无数场演出，从来没看到过全体演员致谢的场景。更搞笑的是，我有位朋友是某明星的粉丝，明星好不容易光临本市一回，朋友咬牙花了上千元高价去观看明星的演出。演出很精彩，在明星难舍难分地表达惜别之情的时候，他和一些性急的人一样，没等散场就匆匆忙忙地离开了。没想到这是明星欲擒故纵的演出套路，结果在全场观众和粉丝的"热情挽留"下，又演出了半个多小时，朋友知道后，捶胸顿足。

　　相信看电影是很多人喜爱的一种日常消遣方式，但是，不知道大家留意没有，电影院里很少有人坚持到息屏，往往片尾曲响起，大部人就迫不及待地起身离开了。殊不知，很多时候，精华和高潮就在最后那几分钟，那些号称影迷的人很少关注到片尾曲那优美的旋律和歌词，还有越来越多的彩蛋和包袱。你都看了一两个小时了，就差那几分钟吗？每次到电影院，哪怕再热门的电影，很少见到有观众等到片尾曲结束才退场的。毫不客气地讲，大部分人可能是伪影迷。

近年来，国人出国旅游的越来越多，这本是件好事，增长见识，陶冶情操嘛。但是，不难发现，存在一个似乎习以为常其实不正常的现象。那就是，很多人在一个景点没停两分钟，就急着前往下个景点。在一些有着深厚文化底蕴的历史古迹前，故事和遗迹交相辉映，缺一不可。但很多人只是满足于在景点前摆个姿势，拍一个照片就算完成任务了。时间很紧，下一个景点在等着呢。"上车睡觉，下车拍照"基本成了国内旅游团的常态了。正因为难得出来一次，难得有亲身了解异国文化和风俗的机会，但由于国人急切的心理，这个机会悄悄地流失了。

无论是观看演出、电影还是出国旅游，你本来是去休闲娱乐的，为什么人们就不能沉下心来好好享受，而是要急着离开呢？我不禁要问，真的有那么急吗？

上面提到的只是一些日常生活中的小事，无论对自己还是他人，影响并不大。但是，在一些有关人生选择的问题上，

- 野菊花

很多年轻人同样犯了心急的毛病,并付出了本不应该付出的代价。

前些年社会兴起创业潮,整个社会环境都鼓励年轻人去创业。于是一夜之间,各种形式的创业型公司雨后春笋般出现在大大小小的写字楼里,甚至出现在一些居民小区里。这些公司的创始人往往是刚毕业,甚至没毕业的年轻人。他们一没资金,二没经验。但他们等不得,他们急着投身商海,急着去建功立业。他们不知道的是,自己前面的日子还很长,路要一步一步走,饭要一口一口吃。万丈高楼平地起,这个世界上并没有什么捷径,如果不切实际地想一步登天,那只能碰一鼻子灰。

对于初入社会的年轻人来讲,心急往往会让他们付出不应该付出的代价,教训不可谓不深刻。

人生就是一场旅行,我们经历的每一件事情,都是沿途的风景,只要我们用心,我们都会发现其独特的美。将紧张的心松弛下来吧,将前行的脚步适当放慢吧。你终会发现,再急,你也不会多得到什么,慢下来后,你也失掉不了什么。

人生很短,稍纵即逝,所以急不得,你说呢?

用力过猛是一种心理病

用力过猛是我们身边常见的一种做事方式，这种方式如果在某个人身上形成了习惯，它更像是一种心理疾病——一种危害极大，但人们却经常忽视的疾病。

乍一看，用力过猛和勤奋好像没什么区别，都是做事很投入，很努力，是一种积极的做事方式。用力过猛像是一种深度的勤奋，过头的勤奋，和勤奋不存在本质的不同。然而，现实却屡屡出乎人的意料。即便面对相同的目标，两种方式带来的结果往往是相反的，一个是眼看目标愈行愈远，最终成了镜中月，水中花，一个可能取得不错的，甚至超出预期的结果。

为什么看似差不多的两种做事方式，会产生如此不同的结果呢？是不是它们之间真的存在本质的不同？让我们来看一个简简单单的养花的例子。

一个养花人，从种下花籽那一刻起，就每天给花浇水、施肥、松土和剪枝，还不时将花盆从室内搬到室外晒晒太阳，日复一日，忙得不亦乐乎。在他的细心呵护下，花儿健康成长。看着花儿每天茁壮成长，这个种花人很开心。他种花不光是等待花开的那一天，而是享受陪伴花成长的快乐。

- 野菊花

还有一个养花人,也是爱花人。他从拿到花籽这一天开始,就想着那颗花籽长成最美的花。白天想,晚上也想,恨不得第二天花就开了。为了缩短花开的周期,他比第一个人更卖力,有的时候恨不得一天之内浇的水、施的肥,是正常需要量的好几倍。然而,过犹不及,由于营养过剩,花期反而推迟了,有时甚至还开不了花。

这两个养花人,前者是勤奋,后者是用力过猛。他们表面上看,好像没什么太大的不同,目标是一致的,都是想将花籽培育成盛开的花朵,都是一样的卖力。但细看,我们会发现两者又有本质的不同。

前者既注重花开这个结果,同时也享受养花这个过程,虽然他也向往开花那一天的美景,但他能耐心等待,该施肥时就施肥,该浇水时就浇水,看着花儿在自己的呵护下一天天成长,内心是喜悦的。

而后者要的只是开花这个结果,养花的日子,他的心情是烦躁不安的。对于他来讲,只要花未开,一切都是负担和煎熬,这是典型的用心过猛,用力过猛本质上就是用心过猛,持这种心态的人,结果往往不能如其所愿:要么欲速则不达,走捷径反而离目标越来越远,要么因为过于重视结果,忽视了享受的过程,等达到目标的时候,才发现最美的风景其实在路上。

在我们的日常工作和生活中，用力过猛的例子随处可见。

记得20世纪80年代的时候，"跃农门"是很多农村学子的追求，但是因为用力过猛，很多人抱憾终生。原来当时的制度有两种"跃农门"的方式，一种是初中毕业报考中专，成功后直接跳出"农门"；另一种是初中毕业后继续到高中深造三年，等高中毕业后再考大学，成功后也实现"跳出农门"的梦想。

这两种方式都可以让农村学子改变"面朝黄土背朝天"的命运。但不同的方式最后的命运也不一样。有些初中毕业学生为了早日实现"跃农门"的梦想，初中毕业后放弃了继续读高中，考入了一些职业技术学校，虽然他们中很多人的学习成绩位居班级前列。三年过去后，一些初中成绩不太好的学生反而最后考上了大学，成了工程师、研究员、医生，甚至大学老师，享受干部待遇。而那些考入中专的，曾经成绩名列前茅的学生却进了工厂和一些基层单位，成为工人、护士、职员等，走上了截然不同的人生道路。当年上中专的学生，如果不那么心急，选择了上高中，也许他的人生是另一番光景。

考入高中的同学，同样也面临"用力过猛"的考验。高中三年寒窗后，有的人可能连高考卷子都看不到。原来，当年要想参加高考，还有至关重要的一关要过——预考。预

· 野菊花

考的题目往往比高考还难，它会刷掉将近一半的应届高中毕业生。难怪很多人害怕的不是高考，而是预考，结果，又有一些平时成绩不错的人，时刻处于焦虑状态，为了确保拥有高考资格，在预考阶段用力过猛，造成元气大伤。等到高考的那一刻，人已经精疲力竭，结果发挥严重失常，高考的成绩不尽如人意，错失了心仪的名校。

就算考入大学，很多学生还会承受前期用力过猛的后遗症。那个年代的高中毕业生参加完高考，做的第一件事情是跑到教室外面的走廊里，将抽屉里、书包里的课本、复习资料全部掏出来，一把火烧个精光，一边烧着，一边涕泗横流——三年寒窗终于熬到了尽头，再也不用逼着自己学习了。他们是这样想的，也确实是这样做的。很多学生考入大学后对学习再也提不起一丝兴趣，大学四年只要考过六十分，能毕业就行，多一分就好像对不起自己似的。这样的学生大学毕业以后，工作仅仅为了糊口，想要他们有出色的表现，难于上青天。

前面谈了学生时代用力过猛带来的种种不良后果，那么进入社会后是不是也会因用力过猛的毛病吃大亏呢？

其实在工作中，也有两种人，一种是勤奋的人，这些人包括一些行业精英。他们热爱自己从事的工作，兢兢业业，活到老，学到老，他们越工作，人就越有精神。这些人包括钟南山、屠呦呦等名人，也包括那些白发苍苍的离退休后又返回到单位继续发光发热的普通人。他们热爱工作的同时，也注重身心健康，精神的愉快。工作对他们不是负担，相反能够帮助他们获得成就感和满足感。

另一种人，用力过猛的人——准确说是用心过猛的人——他们未必真的喜欢眼前的工作，他们痴迷的是金钱、名声和权势带来的短暂的满足感或安全感。为了这些身外之物，这些人长期没有规律地作息，不但透支自己的精力，精神上也长期处于高度紧张的状态，结果很多人由于压力超过了身体的承受极限，永远地倒下了。

由此可见，无论是学习、工作还是生活，用力过猛不是勤奋，它是一种病，准确来讲是一种心病，有句话对治好它也许有所帮助，那就是：

太想得到的东西，反而得不到。

- 野菊花

承认吧,你就是一个普通人

人的一生是一个不断认识自我的过程,更准确地说,是一个不断认识到自己——包括绝大部分身边人——很平凡、很普通的过程。

这个过程虽然心理上难以接受,但却是每个人自我觉醒的必由之路。

从我们有记忆开始,都会觉得父母是这个世界上最伟大的人,没有他们不能的——现在回想起来很好笑,但却是事实。他们教会我们吃饭和穿衣,说话和识字,唱歌和舞蹈,一切的一切。不认识的字可以找他们,没听说的传闻可以找他们,明天什么天气也可以找他们……在我们眼中没有他们不会的。我们遇到任何问题,都知道背后有一个依靠,都能从父母那里得到我们想要的答案。

这个过程伴随我们很多年,包括整个少年,甚至部分青年时代。

直到有一天,我们猛然发现,父母也有力不能及的时候,给不了答案的事情。那一刻,我们会惊诧和茫然,甚至会手忙脚乱。

到那时，我们才意识到，原来我们一直生活在一个封闭的小圈子里，坐井观天。这个世界很大，父母只是千千万万个普通人中的一员，他们会的，别人都会，我们认为他们伟大，是因为我们没有机会和其他人深入接触而已。随着年龄的增长，我们发现自己解决不了的问题，他们也解决不了，对他们而言还可能更难。父母只是我们成长过程中暂时性的旅伴和指路人，我们遇到的所有的问题，最终还得依靠自己来解决。

认识到父母是普通人，无论见识方面和能力方面。这是我们人生的第一次觉醒，当时我们也许不会想到，后面还有第二次、第三次觉醒。

年少的时候，每一个人对未来都怀着五彩斑斓的梦想，文学家、科学家、数学家、宇航员……每一个梦想之所以那么激动人心，是因为它与众不同，因为它出类拔萃，因为它能够最大程度地发挥我们的人生价值。我们敬佩那些成功者，那些人要么创造了巨额的财富，取得了骄人的成就，要么因为超人的意志，做到了常人做不到的事，他们改变了世界，因此赢得了人们的尊敬。老师和家长不断地激励我们为梦想而努力，在每一个人的心中，未来不是梦，而是实实在在可以实现的预言。

带着对未来的无限憧憬，我们从学校走入了社会。如果

• 野菊花

说大学毕业头几年还有一丝激情的话，等我们组建家庭，结婚生子，踏上工作岗位后，会发现自己是多么的无力、无助，那些梦想是多么的遥不可及——梦想变成了幻想。

开始的时候，我们都会努力，但能力的提升永远赶不上提升的目标。很多时候，不是我们不够努力，而是因为，再努力也达不到。我们在学校里受到的教诲是，汗水总是能够浇灌出累累硕果，但没人告诉我们的是，天赋、机会和运气也同样重要，甚至不可或缺。无论在哪个行业和领域，最终能够脱颖而出的永远是少数人，只有少数人才有资格出现在舞台的中央。更让人绝望的是，哪怕是有幸成为这少数人中的一员，大部分情况下，我们也只能在很短的时间内露露脸，时过境迁后，成功的光环就会毫不留情地褪去，我们成为不了年少时仰慕的对象。

生活的重担还会在不知不觉中扼杀我们的梦想。为了生存，我们不得不选择妥协。往往在应付完柴米油盐后，我们已经精疲力竭，哪有多余的精力去追求不切实际的东西。于是，我们每天为了生活，不断消耗自己，意志和决心在奔波中不知不觉地消失殆尽。慢慢地，我们选择了"躺平"，生活的目标在不知不觉中变成了每月更高一点的收入和更长的休闲假期。

终于有一天，我们在镜前不经意地发现，双鬓已经染上了白霜。这个时候，我们才意识到，不管内心愿不愿意，自己早已经活成了一个普通人，曾经的梦想已消失在岁月的风尘中。

认识到自己就是一个普通人，这是人生的第二次觉醒。此刻的我们，会不会觉得自己虚度了光阴，人生变得意义寥寥，心中会不会充满惆怅呢？然而，正是这次觉醒让我们有机会在更高的层面上认识自我，对"成功"的定义做一次深思考，对"普通"的意义做一次深思考。

人的寿命只有短短的几十年，每个人都是两手空空来到这个世界，最后两手空空地离开。无论是财富，还是声誉，生不带来，死不带走。世俗意义的成功，哪怕影响再大，最终也会变成过眼烟云，成功者和普通人，结局没有什么不同。相对那些聚光灯下的成功者，我们这些普通人除了不能被后人常常记起外，损失似乎没那么大。既然如此，那么人生的意义是什么？

这个世界上没有两片相同的树叶。我们每一个人都是独一无二的。从生理角度来看，我们每个人的DNA（脱氧核糖核酸）排序是不同的；从成长环境来看，每个人也各不相同。既然如此，为什么我们一定要追求那些别人认可的东西，那些千篇一律的东西，而不叩问自己的内心：我们这个与众不同的自我到底需要什么，我们究竟想如何度过这短短的一生？

- 野菊花

如果从此刻开始——尽管岁月的沧桑已经磨去我们对世俗成功的奢望——转向我们的内心,寻找我们真正想要的东西,寻找我们真正想做的事情,是否也是一种不错的选择?一定存在这样的东西,只要我们自己认真去找,而不是借助他人。我们终会发现,因为独特和真实,我们将感受全新的生命体验,其带来的感动和快乐,是任何成功都代替不了的。《瓦尔登湖》里面有一句话:当你实现你的梦想的时候,关键并不是你得到了什么,而是在追求的过程中,你变成了什么样的人。

萨特说:"人不是其所是,而是其所不是。"直面真正的自我,然后从容地寻找各种可能性。追求的过程也许百转千回,无论结果如何,我们的内心会变得丰盈和富足,那种从内向外散发出掩饰不住的光芒和自信,会让我们变得更加生机勃勃。

这将是我们的第三次觉醒,意识到自己是普通人后的又一次觉醒。

第二部分：成长从思考开始

笑的神奇功效

你知道吗，有的科学家认为，人是自然界唯一会笑的动物。可以毫不夸张地说，笑，帮助人类进入了现代文明；笑，让这个世界变成一个美好的家园。

笑为什么会有这么大的魔力呢？

在这个世界上，人不是唯一的能够进行分工合作的动物，却是唯一能够在陌生个体之间进行分工协作的动物。白蚁、猩猩也能分工协作，但是人类的分工协作和它们的分工有本质的不同。白蚁等动物的协作只局限在有血缘关系的亲属之间，只在一个小团队里面。而人就不一样了，人类信任素不相识的人，并享受他们的产品和服务。现代人可以安心享受陌生饭店制作的食物，而不担心食物是否有毒；现代人可以乘坐陌生人开的出租车，而不用担心人身安全；现代人还可以穿陌生人做的鞋子、衣服……每天，每一个现代人几乎从睁开眼开始都得依靠陌生人的协助，离开了这种协助，可以说寸步难行。

现代社会的分工协作，在一个大的范围，离不开法律、道德准则对人所起的约束作用，但是，在一个小的范围，人为什么能够相信陌生人呢？在这里，笑起了不可替代的

• 野菊花

作用。

　　笑能传达人的善意，减弱陌生人之间的警戒心。两个素不相识的人相逢，难免心中会有不安，对方是什么样的人，会持什么样的态度？这些无疑会困扰自己。一个微笑胜过千言万语，它能很快拉近陌生人之间的心理距离。到一个商场和饭店，如果遇到的是笑脸相迎的服务员，顾客对他家的产品或服务不自觉会多一分好感；很多生意和合作是在酒桌上谈成的，原因很简单，酒能麻醉人的神经，能让人笑起来。笑起来后，相互之间的戒备心理没有了，人就能迅速成为朋友，成了朋友，生意或合作自然也就水到渠成了。

　　笑能表达人愉悦的心情。如果一个人带着微笑的表情，那么表明他此刻心情是愉悦的。当一个人遇到开心的事情，最直观的表达方式是笑，笑是一种认同，一种正反馈。越笑，自己的心情会越好。

　　笑不但能够表达自己的心情，让自己更开心，它还有一个神奇的特性，那就是易传染性。每当人看到一张笑脸的时候，自己的脸上也会不知不觉荡起笑容，心情不自觉受到了感染。

　　笑不但能感染人，还能感染世界。人们总说世界是自己眼中的世界。如果一个人经常带着笑容，他会发现这个世界会被他感染，世界也回以笑脸。他会发现，阳光是那么灿烂，小草是那么青翠，小鸟的声音总是那么悦耳。一个经常笑的人会发现这个世界很美好。笑的人多了，世界不但变得更美好，也会变得更和谐。

笑还对健康极为有利。一位名叫卡特琳娜的印度医生说，小孩子每天应该笑 300 次左右，成年人每天应该笑 7 到 15 次。 笑能够让你紧张的神经舒缓下来，让疾病远离。经常笑的人，生病的概率会大大降低。

最后，更让人惊喜的是，你会发现笑多了，运气也会越来越好。不信的话，你从今天开始，从此刻开始试试，用不了多久你会发现，笑真的是有魔力的。

笑能带来很多意想不到的东西，这一点有待每个人在生活中去发现。

• 野菊花

这个世界有奇迹吗

海德格尔说过,人生本没有意义,如果硬要有的话,那就是它的不确定性,除了最终的结局——死亡外,你永远不知道下一刻会发生什么。他的"向死而生"的哲学理念鼓舞了很多的人,很多人哪怕当下不如意,但只要想到明天的千万种可能,心中便幻想奇迹能出现。

然而,不确定不等于奇迹。

记得有个大学同学,是一个特别有想法的人,他大学毕业后迷上了物理研究。工作之余,只要一有空就去研究世界难题。他当时就选择了研发类似永动机这种违反物理学基本定律的产品。他认为如果能研究出来这个产品,那将是一场革命。他投入了几年的时间来证明这个产品的可行性,并自认为取得了一些成果。有一天,他神神秘秘地找到当时还在高校工作的我。我将他领到了宿舍。听完他的"发现",我觉得很不靠谱,但看到同学眼中闪烁的渴望,实在不忍打击他的自尊,便一口应承下来,答应将稿子交给认识的资深教授看看。结果可想而知。从此那个同学就不再联系我了。

臆想诞生不了奇迹。

很多普通家庭为了改变命运,将希望寄托在下一代身上,希望下一代能成人中豪杰,能够出人头地。他们让孩子从幼儿园开始就学习各种技艺，到了上学年龄，就报各种培训班，孩子每天不是在培优，就是在去培优的路上。孩子为了实现父母或上一代人的梦想，牺牲了自己的爱好和各种生活的乐趣，一切只为考试有个好成绩。然而，这样的孩子一定会考上好的大学，一定会有好的前途吗？首先，这样的学习方法，不一定能考上理想的大学；其次，他们即使侥幸考上了一流的大学，长期的填鸭式、逼迫式的学习方式，让孩子思维固化，后劲乏力。很多平民出身的优秀学子，经过家长和学校急功近利的培养，哪怕上学期间出类拔萃，有的甚至成了高考状元，参加工作后还是泯然众人矣。

到了婚恋的年龄，该找个对象了。找个什么样的人就有讲究了。主流的教育告诉人们要遵循内心的选择，不要嫌贫爱富。很多穷小子就有了不切实际的想法，以为有机会攀上富贵之家，从此改变命运。然而，事实证明，能通过婚姻让一方改命的可能性极低。且不说白雪公主凭什么不爱白马王子，却去爱一只丑小鸭，就算真的有这样的白富美下嫁穷小子，能够善始善终的极少。两个出生在不同的家庭背景，拥有不同的成长环境的成人，要达到琴瑟和鸣，夫唱妇随，太难了，简直逆天理。

婚姻并不能让人一步登天。

婚姻没有奇迹。

到处都是商业机会，年轻人只要肯拼，是不是一切皆有可能呢？

• 野菊花

　　因为相信爱拼才会赢，很多年轻人就去创业，披星戴月，呕心沥血，这些年轻人真的能成功，真的能成为下一个马云、马化腾吗？再美好的愿望也抵不过现实的无奈，绝大部分企业在头三年就倒下了，梦想没开始就破灭了，只有少量幸运者活了下来。他们经历了五年、十年的时间最终会发现，无论怎么努力，他的企业只能维持在一个较低的发展水平，永远都得为明天发愁，此时才明白过来，哪怕你懂尽了世间所有的道理，吃尽了世间所有的苦，从零起步，终成大业只是一个传说。

　　商业没有奇迹。

　　曾经很好奇为什么那么多年轻人喜欢看玄幻灵异小说，他们终日沉浸在手机里、电脑里不能自拔。这些小说短则几十万字，多则上百万字，内容荒诞不经，没有任何逻辑而言，为什么那么有吸引力呢？原来小说里承载着读者屏幕外实现不了的梦想。

　　在那个虚幻世界里，出生的家庭不是问题，文化程度不是问题，贫富水平不是问题……一个再普通不过的年轻人，往往会遇到一个贵人，然后掌握一门独门绝技，走遍天涯，行侠仗义，打遍天下无敌手。浪漫的旅途，一定有个要钱有钱，要貌有貌的少女在前方等着，并最终喜欢上主角，历尽无数艰难险阻后，他们最后一定会过上幸福的生活。

　　很多人沉迷到虚幻世界里，原因在于现实找不到，他们只好到虚拟世界里去找。

　　这个世界并非没有奇迹，只不过它的出现，要经过无数次失败和挫折的鞭挞，世人之所以很难看到奇迹的影子，原因是要么急功近利，要么是瞎忙活，从来没有真正叩问自己的内心，自己到底擅长什么，到底要追求什么。

奇迹永远与真诚为伴。就像古希腊神话里的西西弗斯一样，哪怕命运之神早就安排好了剧本，只要不绝望，不放弃，始终忠实于自己的内心，你终会发现经过命运的反复捶打，不是取得成就而是自身成了奇迹。

• 野菊花

书法带来的并非只有益处

世界上绝大部分民族将文字只是当成交流的工具，但在中国不一样，书法被视为一门传统艺术，而且有上千年的历史了。别看一支简简单单的毛笔，用它写出的文字龙飞凤舞，文字不仅仅是传递信息的载体，更是一种具有东方特色的艺术形式。

经过漫长岁月的沉淀，书法达到了想象不到的艺术高度，也形成了很多流派，这些流派的创始人被后人尊称为书圣、书贤，不一而足。王羲之的书法潇洒飘逸，颜真卿的书法雄伟遒劲，赵孟頫的书法秀逸高雅……他们征服了古人，也征服了今人。

书法不只是专业人士的专利，也成为很多普通人的业余爱好，书法是一种最能体现长期主义威力的艺术形式，要想入门少则需要一年两年，多则十年八年。书法能让人身心放松，为中老年人的身心健康带来益处。

但是书法也有难以忽视的缺点，一是它很难创新，说一个人书法好，不如说他模仿得好，到目前为止，很少听说什么出名的现代书法大师。你要写得好，必须先要模仿得像，不花"铁杵磨成针"的功夫，想把字写好太难了；二是艺术形式过于单调，不利于想象力的培养。

中国的文字之所以能够成为一种艺术，与它独特的象形文字结构有关系，它可以不拘泥文字的框架，衍变出各种形式，产生各具特色的美，比如那些颜体、柳体等文字形式其实就是立足文字框架大胆创新突破的。当然，很多书法作品也会和内容结合起来——比如挂在书房或客厅的"天道酬勤"之类的条幅——但是书法毕竟不是绘画，英国形式主义美学家克莱夫·贝尔说过"美是有意味的形式"，就书法而言，其形式大于内容决定了这一艺术形式的局限性，它表现的"意味"的深度和广度都有限。

练习书法对于青少年来讲，有很多益处，这方面的论述比比皆是，这里就不赘述了。下面着重要讲的是，青少年过于沉迷书法，将它作为一个主要爱好，会带来哪些负面影响，而这些负面影响往往被人们所忽视。

对好奇心的影响。少年是人生好奇心最强的阶段，在这个阶段，如果能够鼓励他们去发现新事物，鼓励他们探索其中的奥秘，我们这个民族就可能诞生一大批拥有创新精神的科学家和思想家。书法不需要好奇心，只需要对着各种各样的字体刻苦练习就行了，临摹得越像越好，在少年阶段，沉迷于练习书法不利于好奇心的培养和对新生事物的兴趣。

对想象力的影响。想象力也是一个促使社会进步的重要

• 野菊花

推动力。想象力意味着不因循守旧，我们的思想可以自由翱翔，我们可以发展各种各样的理论，发明各种各样的产品，可以让我们的生活更加丰富多彩。书法不利于培养想象力，你水平高不高，其实就是模仿得像不像。没有个三年五载，你很难创建自己的风格，就是到现在我们也没有出现第二个王羲之之类的书法家，或者新的流派。原因很简单，书法本身并不能培养人的想象力，它不利于人的创新精神的培养。

对冒险精神的影响。我们最缺乏的是冒险精神，我们喜欢做确定性的事情，不喜欢探索未知的事物。所以我们很少诞生像哥伦布那样的冒险家，日常生活中，我们普通人也不愿意去冒险。然而冒险是创新的必由之路，在对未知的探索过程中，只有不断地试错，才可能找到正确的道路。有些家庭从小就会注意对孩子冒险精神的培养，他们的孩子待在课堂的时间相比我们孩子少很多。他们有大量的时间参与各种各样的课外活动，包括游戏、户外活动等。这些课外活动对他们的冒险精神的培养，起着很好的推动作用，而我们有些孩子成天被关在室内，对着古人留下来的字帖，一笔一画地重复临摹，怎么可能培养出创新精神？

对活泼性格的影响。很多孩子从小就比较腼腆，小时候也许影响不大，甚至不是缺点，但随着逐渐长大，劣势就渐渐显现出来了，在大学阶段，老师往往喜欢主动提问的、研究型的学生，而对沉默寡言的学生不太关注，讷言对学习成绩的提高不是什么好事。特别是到了社会，活泼主动的性格意味着更多的机会，更多的可能性。先天因素对性格的形成起了很大作用，但是，后天的培养也至关重要，让孩子们从小养成活泼的性格，先要从让孩子身体和思想动起来开始，相比各种运动项目，书法不是最佳选择。

上面这些负面影响虽然不多，但危害不小，且日渐显现。近年来越来越多的家长从孩子很小时候起，就逼他们去练习书法，只要有空，孩子们就坐在书桌前一动不动，对着字帖，一笔一画地临摹，一坐就是几个小时。直到写得惟妙惟肖为止。很多孩子学了几年，也只是仅仅学会了某一个流派的写法，字写得形似而神不似，但是整个人性格却变了，变得少了年少时的天真活泼，却多了老成持重的味道，这真的是我们想要的吗？

书法是一门独具特色的艺术，是流动的美，纸上的舞蹈，它让人在纷繁的世界心静下来，但不太适合心智还不成熟，特别是那些性格本来就很内向的孩子。

这算我的一己之见吧。

• 野菊花

和无聊告别

有没有注意到，很多人宁可每天忙个不停，就是不能闲下来，一闲下来，他们就心里发慌，就会无所适从。他们不知道如何打发时间。无聊成了困扰他们的头等烦恼之事。

是什么原因导致了这种现象的发生呢？

这些现象不是个别的，每个人身上或多或少都曾发生过。原因说起来也简单，就是太多的人习惯生活在别人的影子里，习惯于按别人的想法安排自己的生活。小时候听父母的话，在学校听老师的话，在单位听领导的话，连玩什么、怎么玩，也不用费脑子，看周围流行什么，跟风就是了。在他的印象中，做什么，怎么做从来都是安排好的。这种人有时哪怕看上去很忙，但忙的是身子，不是脑子。当没人安排事情的时候，无聊和空虚就会不约而至。

尽管有困扰，但很多人还是乐此不疲。原因有两点，首先是安全，在他人眼中，这种人没有自己的想法，是一个可以信赖的老好人，因此很少有人会在他身上动心事，动刀子，因此他的生活是风平浪静，不会有什么刀光剑影；其次是舒心，不去想怎么成事，只需按别人规划好的路线，随波逐流，和他相关的一切变得可预期。正因为如此，几乎在我们每个人的身上或多或少都能看到这种人的影子。

凡事有利必有弊。一个人当习惯于他人安排自己的生活的时候，脑子就会逐渐钝化，浑浑噩噩中，既丧失了独立思考的能力，也丧失了独立判断的勇气。不知不觉变成了他人手中的提线木偶，父母、老师、领导、同事、朋友都是不同阶段的提线人。

木偶的脑子是摆设，里面空空如也，当没人安排任务的时候，就会茫然不知所措，什么都不是自己想要的，什么都提不起兴趣。长此以往，无聊、空虚就像毒草一点点在全身蔓延开来，先是生理上的各种不适，头晕、眼花、腰酸、背疼，再后来心情会变得烦躁，性格会变得暴戾，老好人的形象一下子就坍塌了。

到那个时候，人才醒悟过来，原来无聊不是终点。

人不是这个世界上天然条件最优越的物种，但却能成为这个世界的主宰。秘诀不在于力气，在于高度发达的大脑，这个不断进化的大脑，推动着人类不断地创造奇迹。每个人是一个独立的个体，不但 DNA 是独一无二的，更重要的是，大脑是独一无二的，思想是独一无二的，这才是生而为人的精髓！如果将大脑虚置，就像希腊神话中身体离开大地的安泰，表面再强大，也会变得不堪一击。

没有人会真正为他人负责，生命的主人只能是自己。将

- 野菊花

命运抓在自己手上，意味着孤独，意味着摔跤，意味着被轻视，意味着磨难，但也意味着丰盈的内心和更多的可能性。这样的个体，就像在原野里茕茕孑立的蒲公英，哪怕被狂风吹弯了腰，但是希望的种子却乘机播向四面八方。

没有认识到这一点，人活得再久，也是悲哀的，光阴也是虚掷。反过来，无论一个人处在生命中的哪个阶段——年富力强还是耄耋之年，当你开始反思自己是谁，真正需要什么的时候，那个一直在心底沉睡的真实自我开始觉醒，此刻人生才真正开始。

到那时，无聊就会退去，生命之深泉就会在心中涌流。

重复的妙处

有些人为了做好一件事,翻来覆去地折腾,有时甚至一而再,再而三地重复,很多人对此做法颇不以为然,甚至嗤之以鼻,认为这种做法太机械、呆板,这种人只知道拼死脑筋和蛮力,没有出息。情况真的是这样吗?

我看未必,因为重复有不同的形式,带来的效果也迥然不同。

有的重复是机械地重复,结果往往是原地踏步,或者在短时间内收效甚微;有的重复表面看没什么不同,内部一直在隐性地改善,时机一到,量变就会引起质变。我将前一种称之为消极的重复;后一种称之为积极的重复。

那两者到底有什么不同呢?

消极的重复,顾名思义,只是形式上的重复,每一次只是机械地重复动作,思想上毫无波澜。在古代的很多场合,消极的重复其实是褒义词。水滴能穿石,铁杵能磨成针,愚公说不定能移山,只要有足够的时间,日复一日,没有做不成的事。这是古人的想法,他们也是这样做的。但是,到了二十一世纪的今天,靠这种信念和做法,想要取得理想的成

• 野菊花

果，恐怕越来越难。因为，现在的社会，发展一日千里，变化越来越快。如果为了解决某个难题，不顾外部环境的变化，一直用老办法，靠"水滴"和"石磨"，没等你最终解决，恐怕早已时过境迁，难题也不成为难题了。因此，解决难题，现在更多的是靠变通，新思路、新解决方案，而不是靠时间的积累。

在日常工作中，消极的重复场景并不少见。有的人，工作没有动力，做一天和尚撞一天钟。他们以不变应万变，不动脑子，机械地应付任何事情，这样的人就像设定了程序的机器人，工作想要有进步，基本是不可能的。

还有的人，心中没有激情，生活中从不主动去寻求任何改变，日子像时钟一样精确，风景是熟悉的风景，人是熟悉的人，永远没有惊喜可言，用行尸走肉来形容他们，相信也不过分。这样的人，无论他多大岁数，从他失去激情之日开始，其实就已经死亡了。

积极的重复，虽然也是在一段时间——甚至长时间内——做同一件事情，但是重复的只是形式，内涵和本质可能每一次都不一样。这种重复的做事方式，可以说是很多现代人成功和幸福的秘诀。

一个人做同一件事，两个人做同一件事，从某种意义上来讲，都是形式的重复，如果采取积极的态度，往往会取得惊人的效果。毫不讳言，任何将进步——尤其是精神上的进步——作为目的的重复，就是积极的重复。

古希腊哲学家赫拉克利特说："人不能两次踏进同一条河流。"即便是同一个人在不同的时间做同一件事，那么不光环境变了，事情变了，人也变了。很多人在做程式化的事情的时候，脑子并没有休息，在做的过程中主动去思考，不断总结过去的经验教训。通过一次次表面重复的动作，对事情本身的认识越来越深刻，精益求精，从而达到从量变到质变的效果。

叔本华说："两个人做同样的事情，但那已经不是同一样事情了。"说的道理其实也差不多。

重复其实是假象，关键是人采取的态度。

再次拿体育训练（注意，不是锻炼）来举例。业余爱好者练习大多采用消极的重复方式，而专业的运动员练习大多采取积极的重复方式。专业训练的目的是取胜，是熟能生巧，重点在那个"巧"字。通过反复训练一个动作，一方面可以形成肌肉记忆和条件反射，但更重要的要掌握运动规律和技巧，从而达到在赛场上最终战胜对手的目的。在赛场上登上领奖台上的人，一定不是崇尚简单重复的人。

熟能生巧的原理不光适合运动场，也适合一切学习的场合。一些家长认为，别人家的孩子成绩好是因为脑子聪明或

• 野菊花

者上课认真听课。其实很多尖子生成绩突出是因为掌握了正确的学习方法，而这个方法的核心是高效地复习。上完课后，尖子生往往在最短的时间内去温习当天的功课，及时消化课堂所学，在巩固的基础上加深认识。

看书也需要积极地重复。一本有思想深度的书，往往看一遍不一定能了解其精华所在，这就需要再读一遍，甚至多遍，每多读一次，思想上的认识就会加深一点。好的书之所以让人百看不厌，就是因为这种积极的重复，会让人产生更多的共鸣，带来更多的思想启迪。有些人看书虽多，效果不好，很重要的原因在于，看完后不懂得在一段时间内去重温，结果不但没有形成新的认识，连旧的感悟和体会也随风而逝。

积极的重复还是一把解决难题的钥匙。一些有难度的事情开始时往往做不好。常人失败两次后，往往就放弃了；但是有经验的高手们不一样，他们遇到这种情况，不是随随便便地放弃，而是继续试验，边做边思考，不断总结失败的教训。通过一次次的试错，终于摸清门道，取得成功。有些人在做不成事的时候总抱怨运气不好或条件不具备，他们有没有想过是因为自己没有足够的耐心呢？

心中有激情，哪怕做的真的是重复的事情，也不会觉得枯燥、无味、无意义，就像不断推着石头上山的西西弗斯一样，他重复的只是动作和形式，思想的丰盈足以让众神无语。

　　由此可见，重复不一定是坏事，关键是看重复的方式，一味否定重复的人，是没法领略到它的妙处的。

• 野菊花

今天，你变成熟了吗

在很多场合中，当一个年轻人被人用"成熟"这个词语来夸奖的时候，常常表示这个年轻人的才能已经能堪当大任了——至少在某些人的心目中。其实，"成熟"早已成为一个褒义词，成为一个很多人孜孜以求的标签，然而，何谓"成熟"呢？细作思量，你会发现，它变成了一个俗语，人们对它的定义没有统一的答案。

有的人认为为人圆滑，八面玲珑是成熟；有的人认为做事老练，不毛毛糙糙是成熟；有人认为处变不惊，心理素质高是成熟；还有人认为学贯中西，博古通今的才子，才是成熟的人……

答案五花八门，表面上看，各不相同。其实，相互之间并不矛盾，一个公认成熟的人，往往具备不止一个上面列举的行为特征。那么其背后会不会有一个共同的底层逻辑呢？

在我看来，每个人的世界都由三部分组成：自己、他人和世界。一个人要在这个世界上混得如鱼得水，游刃有余，一定是能够处理好这三者关系的人，这样的人，就是我心目中"成熟"的人。

那么怎样才算处理好这三者之间的关系呢？

首先要清晰地认识自我。每一个生命个体的 DNA 排序是不同的，它也意味着每一个人是这个大千世界独一无二的存在。如果认识到自己的独特性，就不能随波逐流，做大众思想的跟屁虫。人虽然有灵性，但生存时间极短（一般人只有区区几十年的寿命），个体的力量实在有限，因此终其一生能做成的事情并不多。

要想不白来这个世界一遭，唯有实现真正属于自己的人生目标。而这个目标其实就是自己内心——不是他人的期望——最想做成的事情。人很多时候不知不觉活成了别人想要的样子，这是一件很可悲的事情。要想了解自己真的想要的东西，其实并不容易，需要一个漫长的去伪存真的过程，有的人到生命的终点才觉察到。

一个成熟的人，在明确自己的目标后，将有限的精力投入最重要的事情中去，当然与目标的关联度越高，事情就越重要。他不会将精力放在无关紧要的人和事上面，在外人看来，那是他格局大，不斤斤计较，其实是因为他清楚知道自己真正想要的是什么。聚焦目标的过程中，就是不断提升自己能力的过程，也是让自己与目标的距离越来越近的过程。

其次要处理好与他人的关系。萨特说"他人即地狱"，如果处理不好与他人的关系，他人即成为困住自己的牢狱。一个成熟的人，一方面不会在意他人的眼光和评价，另一

131

方面为了实现自己独特的价值，选择和他人最合理的相处方式。

这种人往往给人留下好相处的印象，原因是他从来不去强行改变他人的想法和行为。他深知，人很难改变他人，除非他们自己主动去寻求改变。他也深知，绝大部分人行为的出发点无外乎"利益"二字，因此，这种人和他人相处最重要的法宝是"利他"思维。要他人配合做成某件事情，不是花力气去说服别人，而是千方百计找到让他人获利的途径。

一个成熟的人，也一定是一个有影响力的人，"利他"思维是他和他人相处的法宝和基本原则。

最后是如何和世界相处的问题。世界永远是一个神秘体，人类越探索，就越悲观地发现，不知道的永远比知道的多。普通人连了解世界都是遥不可及的奢望，更别谈改变世界了。很多人在年少之时，往往雄心万丈，殊不知和世界相处的最佳方式，却是同它和谐相处。哪怕是一些所谓的牛人，真的实现了部分改变世界的愿望，但最终往往会发现变化是必然结果，个人只是催化剂而已。事实证明，那些违背世界本身发展规律的改变，给世界带来的最终是灾难。

这个世界好像存在着一双看不见的手，左右着每个人的命运。人一方面应该奋发有为，在世界这个大舞台上，跳出最美的舞蹈；另一方面也要认识到个人的渺小、无助，有太多的力所不逮之事，不得不说，接受命运的安排何尝不是一种智慧。

在认清自我后，努力活出自己想要的样子；通过"利他"而不是"变他"去和他人相处；在穷尽了全部气力后，相信一切都是最好的安排。

这样的人，是我心目中成熟的人。

• 野菊花

藏起来的聪明人

你一定见过一些人以"聪明人"自居，说不定你也算其中一个，然而，这个世界上真的存在所谓的聪明人吗？

很遗憾，答案可能没那么肯定。

在我看来，世上只有自诩的聪明人，真正的聪明人即使有，也是凤毛麟角。远的比如牛顿爱因斯坦、麦克斯韦等可以算，近的比如马斯克、乔布斯、比尔·盖茨等也可以算。这样的聪明人实在太少了，对于整个人类社会而言，可遇不可求。和这些稀有脑袋相比，这个世界上绝大多数人的大脑都是平凡甚至平庸的，相互之间智商差距可以小到基本忽略不计，如果我们自视自己为一个聪明人，实在是没有自知之明，且危害多多。不客气地讲，如果我们足够理智的话，我们甚至不要去追求当一个聪明人，因为这是不可能达到的目标。当我们认为自己是一个聪明人，或者试着成为一个聪明人的时候，我们可能进入了一个危险的误区，最终的结果很可能是聪明反被聪明误。

自诩为一个聪明人，危害多多。

自认为很聪明的人，往往会为自己的一个点子或想法窃窃自喜。他庆幸自己脑子与众不同。这种想法实在是自欺欺人。不说在当今这个信息高度发达的社会，就是在一两百年前，任何一个好的思想都不是凭空诞生的，再聪明的脑子也不行。莱布尼茨和牛顿几乎同时发明了微积分，一方面证明两个人确实很优秀，有创造性的思维，另外一方面也说明前人的工作所做的巨大贡献，他们两个人的成就其实都是站在前人的肩膀上才实现的，他们不发明，后面一定有人发明，只不过时机不确定而已。

历史上的天才尚且如此，遑论我等凡人了。在各种信息高度透明的当今社会。一个想法或点子，如果你认为除了你之外的其他人都没想到，几乎可以肯定的是，要么这个想法根本不可行，要么是早有人想到了，说不定早就试验成功了，只是你不知道而已。世人皆醉，唯我独醒，这个想法很危险，很有可能会让你吃苦头，摔跟头。

聪明人往往对自身过于自信，也容易满足于已取得的成果。这为最终的发展高度人为地设置了天花板。没有最好，只有更好，清醒地认识自己，不过高估计自己。要认识到哪怕真的天资禀赋高于常人那么一点点，也不能沾沾自喜，要明白一个道理，做事情的方向、方法，以及后天的努力和韧性足以抵消那点天生的优越。很多少年得志的人，过于倚重自己的天资，成年后反而流于平庸，就是很好的例证。

自认为聪明的人，往往觉得高人一等，不屑于同他人合

- 野菊花

作，更别提请教他人了。孔子说得好，三人行，必有我师。天赋再高，你也有不如他人的地方，更何况现代的知识浩如烟海，你不可能通晓所有的知识。要做成事，必须老老实实承认自己的不足，放下架子，真心实意地去和他人合作，否则，你终会发现，那点所谓的天赋不但不能助你成功，反而会成为你成功的绊脚石。

就像乔布斯在斯坦福大学的一次演讲中所说的那样：Stay Hungry，Stay Foolish（保持饥饿，保持愚蠢），这个世上也许有为数不多的聪明人，但他们一点都不张扬，都"聪明"地藏了起来。

陌生人的秘密

在分工越来越精细的现代社会,为什么人们几乎所有的物质和精神的需求都能放心地依靠素不相识的外人?小到一个城市,大到一个国家为什么能够像一台精密的机器一样高效有序地运转?人们和谐地工作和生活,靠的是特定组织——比如各级政府组织——的管理,还是人类社会与生俱来的特质?这种相互依存的社会关系是变得越来越强,还是有其脆弱的一面?

以上这些问题可以从《陌生人群》这本书中找到答案。

这本书从人类的远祖——智人开始分析,追寻人类相信陌生人,实现劳动分工的进化史。作者认为现代社会的出现,既是一个偶然的试验,也是人类心理进化的结果。

人类社会的发展遵循两个统计学理论,即大数法则和条件概率。这两个法则催生了人类社会的风险分摊、专业化机制。

作者认为,人类社会之所以能够有效运转,是因为隧道视野的影响。隧道视野指的是每个人在现代社会中,只需发挥自己特有的能力,无须了解或过多关注整体的结果。没有

- 野菊花

一个人来负责全世界的经济,也不存在一个世界政府,但丝毫不影响国际贸易井然有序地运行。

在人类进化史上,陌生人之所以能够合作,是因为几个理念的实践,人们从中收益。一个是人类会计算投入和收益,第二个是互惠带来的好处,还有,笑是人类特有的能力,它有利于陌生人之间建立信任关系(一场酒局有可能促成一笔生意)。

这本书还讲述了公司、国家等组织运转的规律和趋势,以及金钱、价格对市场的调节作用,符号对人类交流所起的巨大作用。作者最后指出人们要对现代社会的脆弱性保持警惕。

从这本书上,我得到一个重要启示,能够带来重要影响的往往是陌生人而非有血缘关系的亲属,虽然这个观点的阐述和论证不是这本书的重点,但是却引起了我的一些思考。

法国思想家蒙田也有过类似的观点。他认为,一个人的影响力跟他的距离是负相关的。越是亲近的人,越难影响。以蒙田为例,当他在外面变得声名卓著的时候,他家乡的人反而对他置若罔闻,没人将他当回事。家人更不用说了,在他们心目中,他的邋遢、懒惰的形象从小就建立起来了,无论他后来取得多大的成就,这个形象永远也抹不去——他不是什么思想家,他就是一个邋遢鬼。

在熟人眼中，只有父亲、同学、同事、邻居等角色，科学家、思想家、作家、教授、学者等头衔那是糊弄外人的，没那么神秘。既然对熟人没有敬畏之心，就不会像他的粉丝那般认真研究他的成果，也就不会受其影响，尤其是思想方面的影响。

这就造成了一个奇怪的现象，人们影响的往往是陌生人，血缘关系、物理距离越近，影响越小。那些畅销书作家的作品再受人欢迎，那也是受外人欢迎，熟人很少有一字不落将其读完的。墙内开花墙外香，古今中外，概莫能外。

人们只对陌生人的成就感兴趣，怀敬畏之心，不仅如此，让人大跌眼镜的是，很多时候，能提供实质帮助的，也往往是陌生人。

在日常生活中，遇到困难的时候，我们一般以为只有熟人才会帮助自己，陌生人即便帮助，也只是敷衍了事，不会全力以赴。其实，这是一个错觉。每个人遇到的问题千奇百怪，而个人认识的人不但数量有限，资源也有限，如果遇事局限在自己的熟人圈子里寻求帮助，无异于画地为牢。我们很多时候面对难题束手无策，就是囿于只向熟人求助的惯性思维。

太阳底下无新鲜事。你遇到的任何问题，一定有人遇到

• 野菊花

过,遇事到万能的互联网寻找答案,一定会有你意想不到的惊喜。那些善于解决问题的人,根本不是认识人多的人,恰恰是善于向陌生人寻求帮助的人。

那么陌生人是不是人们想当然的那样,不如熟人热心呢?答案也是否定的。

我认识一个办公室的行政文员,她处理事情的能力非常强,没有她解决不了的问题。我发现她并非真的有那么多资源,只不过是她善于借助外力罢了。她加入了很多微信群,什么样的都有。遇到什么难事,解决不了,她不会霸王硬上弓,而是将它就发到群里,寻求陌生人的帮助。让人惊奇的是,还总有陌生人伸出援助之手。曾经连续几个星期,她都实现了花费不到四个小时将一件物品从广州运到武汉,办法是找到时间最近的高铁旅客帮忙。

当然,要想获得陌生人的热心帮助,也是有前提的。这个前提是互惠。一个人只有为陌生人提供帮助,建立起良好的口碑,才能获得越来越多人的帮助。反之,如果一味索取,对别人的请求置之不理,久而久之,就没有人愿意提供帮助,那么陌生人就真的变成名副其实的陌生人了。

现代社会已经从传统意义上的熟人社会、人情社会过渡到了信息社会,我想,"陌生人"的定义是不是也应该与时俱进呢?

获取信息的小窍门

现代社会是一个信息爆炸的社会，人们每天都会主动或被动地获取各种各样的信息，信息已成为大家日常工作和生活必不可少的一部分。

人们收听气象预报，决定出行方式；打听商场打折信息，以便能以可承受的价格买到心仪的商品；收听国际和国内新闻，开阔自己的视野并增长见识；了解行业动态，以便在激烈的市场竞争中占领先机；和同事交流工作信息，以便更好地配合……

可以毫不夸张地说，一个人在这个社会的生存能力如何，很大程度上取决于他的信息采集和加工能力。一个对信息不敏感，不善于利用信息的人，很难想象能够在这个纷繁复杂的社会里混得如鱼得水。

然而，人们在越来越依赖信息的同时，经常会发现获取的信息要么是错误的，要么是不准确的。这种情况几乎每天都在发生，虚假或者不准确的信息已经严重影响人们的工作和生活，有的甚至造成了无可挽回的损失。

不信的话，请大家回顾一下，在和别人交流的时候，是

- 野菊花

不是自己也曾面临过如下窘境：

　　明明对方说得清清楚楚，自己也听得明明白白，但结果还是弄错了，A硬是听成了B。这种情况相信在很多人的身上都曾发生过。听错的原因表面看有很多种，比如口音、语气、语速、注意力问题，等等，但真的是这些原因吗？我看未必。要避免这种情况，除了再三强调外，还真没有好的办法，有句话不是说得好吗？重要的事情说三遍。但是这样的话，交流的效率低下不说，能否完全避免误听，依然是一个大大的问号。

　　除了耳朵会出错，眼睛也好不到哪里去。无数案例证明，亲眼看到的，不一定就是真的。看走眼将A看成了B的事情，谁也不能保证不会发生。其实，自己当时确实看得没错，也看清楚了，但是因为角度问题，A物体和B物体看上去相差无几，因此将A和B不弄混都难。相信很多人曾经发生过通过背影认错人的事情吧？当然，眼睛看到的不都是背影，这个世界还有形形色色的事物和现象，但道理还是那个道理。由此可见，眼见也不一定为实。

　　还有双方交流的时候，特别是在一些正式和严肃的场合，为了避免口误或误听，双方都会要求通过书面而非口头方式来确认交流成果，但是书面形式的文本就一定不会犯错吗？答案是否定的。即使是白纸黑字，还是会存在理解偏差，双方种族、家庭背景、教育、信仰、思想立场等不同，即使是面对同样的信息，解读会不一样，信息就会扭曲、变形。

极端的情况下，一方还是可能将 A 理解成了 B。一千个人眼中有一千个哈姆雷特，说的其实不是眼中，而是心中。

以上发生的听错、看错、想错的现象，在当今社会绝不是个案，而是普遍存在的现象。那么产生这些现象的深层次原因是什么呢？

表面看，原因各不相同，但其实深层原因只有一个，那就是错将立体的信息看成平面的了。

结构再简单、内容再贫乏的信息也是立体的。每一个信息都有产生和存在的背景，都有传播者、载体、生效的时间……这些都是信息的有机组成部分，都可视为信息不同维度的内容。如果只看到孤零零的口头、视觉或者脑子的原始信息内容，其实是将信息简化、降维，信息量无疑会大幅减少。就像我们如果将一个人的背影当成人的全部，那么就可能因为信息量不够发生认错人的现象。因为背影只是人的一个平面信息，不同的人的背影可能相同或相近，除了后背，人还有正面、侧面，仅凭一个背影并不能识别一个人。

无论是听、看、思，所有的错误来源于信息的简化、降维，那么有什么办法能够避免这种情况的发生呢？我们下面分别来谈一谈如何获取真实的信息，尽量避免让信息失真。

首先我们还是来看看"听"这个动作。在倾听的时候，

143

- 野菊花

一定要集中注意力,这样可以防止我们大部分的听错行为。现在我们得知信息是立体的,因此当我们获取一个信息的时候,我们不但要了解信息本身,还要理解包括信息的背景、传播者、产生和存在时间的一切相关信息,比如传播者说话的姿态和神情。只有这样,我们才可能真正全面掌握信息内容。由于信息的各部分都是其有机组成部分,相互是关联的,即使误听部分信息内容,也很可能觉察到其不合理性,进而质疑信息的真伪。

其次是"看"。我们看待任何一个事物或现象,不再是一个角度。我们意识到关于这些事物和现象的信息是立体的、多面的,因此我们要全面掌握信息,必须从多个视角去观察。每一个视角看到的是信息不同的面,将这些面组合起来,才是完整的信息。因此,我们不再相信眼见为实,因为我们知道,即使是亲眼所见,如果不从多视角出发,无异于盲人摸象,你得到的永远是信息的一部分,而不是全貌。理论上,只有上帝视角才能窥到全部的真相,但是尽可能多的视角还是能让信息变得更清晰。

还有"思"。获取的信息不可能一直保持在初级加工状态。人体的初级器官获取这些信息后,人的大脑一定会对信息做进一步的加工处理,使得这些信息有意义。信息是立体的,我们的大脑解释信息内容,一定也要从多个维度出发,这样才能去伪存真。比如桌上一杯水是热的,这是一个信息,如果这个信息的内容就这些的话,那就不是完整的,因为这个信息是动态的。一个小时或两个小时后，这杯水就会变凉，这杯水不再是热水了，这个信息就会变成一个虚假信息。因此在描述这杯水的时候，如果加上这杯水是什么时候端上来的，加上时间这个维度，对这杯水的状态就会有更全面的了解，当然，还可以加上杯子是玻璃的，还是陶瓷的等关于杯子材质的维度，从这个维度去思考这杯水的状态。总之，信息是立体的，在思考任何信息的时候，不能只从一个维度出发，否则，信息就不会完整，甚至是错误的。

要获取真实有效的信息，除了以上几个关注点外，在获取信息的时候，接受者保持中立或者旁观者状态也很重要。很多时候，人们会不自觉将自己的主观印象混到信息里面，成为信息的一个维度。要么先入为主，要么带有个人偏见，这样的话，信息就不是原来的信息，更谈不上真实了。

为什么人们获取的信息常常是错误的？因为这个世界是一个多维的世界，其中奔流、传递的信息也是多维的，唯有从多维的角度去获取、观察、加工这些信息，才能接近真相，人们才能让这些信息变成真正有用的工具，提升我们日常工作和生活的效率。

- 野菊花

努力与回报

"努力"是一个在工作和生活中经常出现的高频词,相信大家都耳熟能详。但什么是努力?它能为我们带来什么?是不是所有人都知道答案,这恐怕要打个问号。

也许有人会说谁不知道"努力"是什么意思啊,不就是尽心尽力、竭尽所能吗?

如果你是一个学生,老师和家长都会教诲你,如果你将绝大部分时间都用在学习上,发扬古人头悬梁,锥刺股的精神,也就是说足够努力的话,你一定会取得骄人的成绩;如果你刚步入职场,好心的职场前辈也会告诉你,只要你苦心钻研业务,发扬那种"钉子"精神,也就是说足够努力的话,你一定会前程似锦。

看来努力几乎成了成功的钥匙和敲门砖了,要不周围人怎么都这么说呢?事实果真如此吗?

爱迪生曾说过,他的成功99%靠汗水,1%靠天赋,你看,爱迪生就说了实话,天赋虽然占的比重小,可也少不了啊。就像要将水烧开,烧到九十九度差一度也没有用,天赋就是起那一度的作用。爱迪生那句话道出了成功的真谛,要想成功,除了努力外,包括天赋、运气在内的其他因素不可或缺。很多时候我们那些好心的人生导师故意对那 1% 的关键因素视而不见,将努力的作用无限夸大了。

我们仔细观察,就会发现,在我们周围,那些努力不一定能成功的例子不胜枚举。那些出人头地的人,努力不是他们成功的全部原因,有时甚至不是主要原因。比如在学校,我们会发现最勤奋的学生不一定是成绩最好的学生;在运动场,我们也会发现那些冠军也不一定是训练最刻苦的;在商场,那些腿脚最勤快的人也不一定是赚钱最多的人。

看来,天赋有时比努力更重要,那是不是说那些没有天赋的大多数凡人就没有任何希望了呢?

答案是否定的。老天没有亏待每一个人,几乎每一个人都有天赋,或者退一步说是特长,只不过各不相同罢了。关键是你要能找到自己最擅长的地方,选这个方向为自己努力的方向。你要让一个五大三粗,天生身体不协调的大男人去学跳舞,他再努力也没用,反之,如果能够找到他的优势,比如摔跤或拳击,说不定就找对了方向,稍加培养说不定他就能成为这方面的佼佼者。

除了选对努力的方向,方法也很重要。很多时候,光努力不注意方法,效果也不会好。笛卡尔是法国著名的数学家、物理学家、天文学家和哲学家。他发明了笛卡尔坐标系,

- 野菊花

也是西方理性主义哲学的奠基人，他在众多领域取得了辉煌的成就。他有个特点，就是不那么勤奋。他从学生时代起就喜欢睡懒觉，但这丝毫不影响他取得那么大的成就，原因在于他采用了科学的学习和研究方法。为此他还写了一本名为《谈谈方法》的经典著作。

当然除了以上这些，影响成功的因素还有很多，比如大环境、小环境甚至还有运气，只不过那些因素更不是我们个体能控制的了。

努力有助于一个人获得成功，但它绝不是成功的充分条件，千万不要相信，我们流下汗水就一定能得到相应的回报，那只是传说。除了努力外，我们还要注意我们自身的条件、科学的方法，剩下的只能交给运气了。

"躺平"的陷阱

最近有个词语——"躺平"很流行，不但成了很多人的口头禅，甚至成了一种社会现象。有人只要是遇到自认为不可克服之困难，就采取听之、任之或者举手投降的态度，并美其名曰"躺平"，这个词的流行有什么深层的原因吗？

我觉得经常将这个词挂在嘴上的人，表面上似乎是遇事看得开，很洒脱，其实是一种内心缺乏勇气的表现，这样的人不敢去挑战，借口命运是最好的安排，遇到一点障碍就退缩、逃避。躺平，躺平，不就是两腿一蹬，我不动了，不争了，看谁还能拿我怎样吗？这种"躺平"的结果就是平庸，这样的人用"平庸之辈"来形容是最好不过了。

持这种人生态度的人之所以能够理直气壮，就是因为他们有意将平庸和平凡混淆，人们大多能接受平凡，因为这个世界上哪怕你再努力，能够出人头地的人毕竟是极少数。

包括我们自身在内，身边的大部分人都是平凡之人，这些人置身于泱泱世界中，犹如一滴水掉进汪洋之中，毫不起眼。他们可能是一位正在教书的老师，某个打扫街道的环卫工人，工厂的一位画图纸的工程师，机关里的某位公务员，医院里的某位护士……，他们的工作虽没有任何突出之处，

• 野菊花

但是社会却一刻也离不开他们的工作,他们就像社会这个大机器里面的一个个小齿轮,没有他们的恪尽职守,社会就无法正常运转。绝大部分人终其一生勤勤恳恳、任劳任怨,但由于这样或那样的原因,业绩并不突出,未能成为各行各业的佼佼者。但是这些平凡之人的劳动一样是有价值的,他们只要认真工作和生活,照样可敬、可爱。

但是平庸之人就不一样了,在我看来,平庸和平凡完全是两码事,能接受平凡的人不一定能接受平庸。

平庸和一个人的出身、外貌、职业、经济和社会地位都无关,甚至和所谓的成功不成功也没有关系,平庸体现的是一个人的处世态度。一个平庸的人,是一个生活态度消极的人,在他的身上有以下显著特征:

首先,平庸的人对未来没有梦想。他满足于现状,每天过着一样的日子,做着同样的事情,从没想过还有其他的可能性,还有更好的人生。他不相信经过努力,明天可以变得更美好。基于这个想法,所以他选择"躺平",反正做和不做都一样,我为什么要费心费力?

平庸的人缺乏勇气。人生在世,无论是工作还是生活,一定会遇到各种各样的困难或矛盾,是选择直面呢,还是选择逃避?平庸的人因为内心缺乏勇气,往往选择逃避的方式,而逃避不但不能解决问题,有时反而将问题复杂化。

真正的勇者是直面遇到的任何挑战，尽力去克服它们，很多时候结果并不重要，过程更重要，虽败犹荣也是一种经历。

平庸的人还害怕变化。他们不了解这个世界的运行规律，变化是常态，是绝对的，而不变是暂时的，相对的，要想在这个世界很好地生存下去，一定要在思想上接受，而不是排斥变化，否则，终有一天他会发现，自己已经成了旁观者，被边缘化，是这个世界可有可无之人。

平庸的人不愿意学习新事物。新事物也是变化的一种，正因为他们害怕变化，所以他们对新事物采取排斥的态度。即使他们掌握了某项技能，但是如果没有终身学习的态度和能力，他们不但体会不到新事物带来的刺激和享受，也跟不上社会进步的步伐。

由上可见，平庸的人，是一群没有梦想的人，没有勇气的人，也是一群不敢面对变化，不愿意学习新事物的人，他们绝不是什么平凡之人。人生不过百年，每个人来到这个世界，不曾带来什么，也带不走什么，每个人的结局其实最终都是一样的，如果出于各种内在的恐惧，害怕失去、害怕打击，选择"躺平"，简单、单调地度过这短短的几十年，甚至作为一个旁观者度过这几十年，是不是太过于奢侈？

- 野菊花

　　萨特说过一句话：人不是其所是，而是其所不是。只要你选择做一个不平庸的人，你的世界立刻会豁然开朗，哪怕你现在身处谷底，明天一样充满了各种可能性，勇敢地去尝试吧，什么时候开始都不晚，终有一天你会发现，追求的过程比结果更有意思。

第二部分：成长从思考开始

年龄的随想

一个人生理的成熟度，和他活了多少年大体是正相关的，因此用"生理年龄"这个词来衡量应该没问题，但是人除了外在躯体外，还有一个丰富的内在世界，它的成熟度用什么来衡量？

为了比较方便，我姑且借用"精神年龄"这个词语（注意：不同于通常意义上的心理年龄）来衡量一个人内在的成熟程度。

在日常生活中，人们往往无视精神年龄的存在，他们关注的只是生理年龄，将两者搞混，因此不可避免会带来一些看似合理，实则荒谬的看法。我们下面来看看有哪些现象。

中国人尊称年纪大的人为长者，这个习惯由来已久。中国是一个遵祖训的国家，在古代只要遇到不懂的问题，一般去请教身边的长者，长者成了知识和权威的象征。这在古代有一定的道理，因为无论是社会知识还是自然知识，都是老一辈一代一代传下来的，怎么认识世界，怎么做事，不需要自己去探索，答案就在长者那里，而长者也不能擅作主张，他只是照搬我们祖先的做法，无论这个做法来自书本，还是口头。

年长如兄，年长意味着权威和尊敬，这在当今社会也有

• 野菊花

反映。两个中国人初次见面，聊得投机的话，多半会有一个问对方"贵庚几何"。如果这个人问这句话，那就表明他想和对方深交了，他想找一个比"先生"和"女士"更亲密的称呼。如果对方年龄比自己大，他就会毫不忸怩地称呼对方为"××哥"或"××姐"——当然更大一点的话，就变成了"××叔"或"××姨"了。有的时候，明明对方比自己小——只要不是相差太大，他还是会尊称对方为"哥"或"姐"，表示自己从心里将对方看成长者。

在古人的眼里，不同的年龄阶段，代表不同的人生意义。如 20 岁称为弱冠之年，30 岁而立之年，40 岁不惑之年，50 岁知天命之年，等等。一个人只要年龄处在某个阶段——哪怕其他方面再不同——内在也具备相同的社会特征，比如说正常人如果到了 30 岁，一定有能力自食其力，养活自己，养活家人；到了 40 岁就到了开悟的年龄了，人情世故皆通达；50 岁就不要再心存幻想了，天数已定，接受命运的安排吧。

现代人不但继承了古人年龄段的划分，还发明了新的称呼。比如"70 后"指 20 世纪 70 年代出生的那群人，"80 后"就表示是 20 世纪 80 年代出生的人，"90 后"就是 20 世纪 90 年代出生的人。这个 70 后、80 后等称谓强调的其实不是出生年代的相同点，而是他们共同的社会特征。每个人拥有不同的家庭环境、教育经历、性格习惯、职业特征……就因为出生时间相近，就被划为一类人，这个合理吗？然而，今人不但继承了古人的想法和做法，还更进一步，甚至将"80后""90后""00后"等新词汇变成了热门词，让这些词成为一些人思想和行为随波逐流的遮羞布。

以上就是将生理年龄和精神年龄搞混的典型例子，这些做法看似害处不大，但其实非常不妥。

一个人在这个世界上活了多少岁，并不一定等同于他精神上是同等的成熟。生理年龄，只是时间的机械积累，就像奔腾不息的流水，只要活一天，就增长一天。而精神年龄不一样，它代表人的内在富足程度，它不是被动的时间积累，它更需要人们怀有一颗不安分的心，不断向外界探索，通过探索，增长自己的智慧和知识。经验和阅历只是精神年龄的浅层次内涵，它更深的内涵是深邃的思想、没有边界的想象力和对美及未知永不停歇的好奇。

只要是年长者，他的想法和做法就是对的，这种看法显然和这个日新月异的现实社会格格不入。如果一个年长者不思进取，活动半径囿于一个小天地，那么即使他岁数很大，他的知识和智慧也是有限的，对世界的认识还是懵懵懂懂，不足为人师。反之，如果一个人即使年少，但是他刻意进取，行千里路，读万卷书，那他的精神年龄反而比年长者更长。

那么，一个已显衰态的年老者，是不是就一定没有活力了呢？也不是，年老者，衰老的只是容颜，如果他内心还保

- 野菊花

持对外界的好奇和渴望，还在孜孜不倦地探索未知的世界，那么他的精神年龄依然年轻。反之，一个生理年龄很年轻的人，如果已经失去了对未来的幻想和追求，日复一日，年复一年，走着同样的路，做着同样的事，那他其实相当于已经老去。有些人，已届古稀，内心还是少年；有些人，虽容颜未老，但内心暮年已至。

世人除了将生理年龄和精神年龄常常弄混外，对生理年龄也关注错了地方。比如，人们生理年龄每增加一岁，就会过一个生日，如果是逢五或逢十，还要召集亲朋好友大肆庆祝一下。但是，生日宴会纪念的只是逝去的岁月，那些未来的岁月和已经逝去的岁月相比，到底哪个重要？

人的一生太短暂了，活得再久，也很难超过一百年，我们每天都在不知不觉中向死亡靠近一步。我们每个人一生一定会有不少想做的事情，但是寿命太短，我们即便使尽全部力气，能够做到的事情还是有限，很多人到生命最后一刻，梦想仍然遥不可及，最终抱憾而去。逝去的岁月永远过去了，人唯一能把握的是现在，唯一能指望的是未来，那么我们为什么不把注意力放到现在和未来，却偏偏去关注不可追的过去呢？

我突发奇想，如果有一天老天将每一个人的寿命公布出来，让每一个人都知道自己还能活多久，有多少人有勇气向死而生呢？我自己有这个勇气吗？

旁观者之道

大家在日常生活中会不会遇到这种情况，想把一个事物看清楚，看明白，不是凑到跟前，越近越好，有时需要远一点，再远一点。同样，对某件事情要想获得大的影响力，毋宁深陷其中，不如抽身出来，保持适当的距离。这个现象是不是有点诡谲？我姑且将它称为旁观者现象。

盲人摸象的故事相信大家都耳熟能详，假如有一天，你，一个视力正常的人，被突然送到这个庞然大物的面前，相距只有几厘米，不能抬头，不能左顾右盼，你眼前是不是毛茸茸的一片？你能说出站在你面前的是什么动物吗？大概会一头雾水吧？仅仅靠面前的区区一块兽皮认出是什么动物，难度系数不是一般的大。好吧，从现在开始，你可以慢慢往后退，慢慢离开这个物体，一条大腿的轮廓会越来越清晰，这时你心中可能会猜到是一头大象了，但你还只是猜测，直到你退到足够远的距离，能够看清动物的全貌的时候，你就会百分百确定，就是一头大象啊——离得越远，看得越清。

苏格拉底就是典型的旁观者现象的领会者，为了获得更多的智慧，他不是在书房里闭门造车，反而是每天到广场向人提各种各样的问题，然后和他人辩论，他的提问很有特色，以至后人称之为"苏格拉底式提问"，让人费解的是辩论再

• 野菊花

激烈,他却从不得出任何结论。他是西方哲学的奠基人,够有智慧吧?但他却宣称:"我唯一知道的就是什么都不知道。"他将结论留给了辩论对象和旁观者——包括我们这些后人。在他的心目中,也许旁观者得出的结论更有智慧吧?

著名的数学家、哲学家笛卡尔也是旁观者现象的领悟者和受益者。他出身名门,从小就接受了良好的教育,无论是在中学还是大学阶段,学习成绩都很优异。有一天,他忽然觉得自己学的那些学问,尤其是那些经院哲学没有什么道理,越来越说服不了他,于是他决定通过从军的方式周游欧洲各地。他每到一个新的驻地,就出去闲逛,不停地见识当地的人和事,用他的话说是只当观众,不当演员。长达近十年的旁观者经历,让笛卡尔增长了见识,为他后来在数学、物理学、天文学、地球学,尤其是哲学取得卓越成就埋下了伏笔。

我甚至认为,现象学的创始人胡塞尔也是一个典型的旁观者理论的践行者——虽然很少有这种提法。他指出现有的那些科学家虽然在各自领域取得了令人瞩目的成就,但是他们局限在一个个细分领域,这些领域就像杯子,他们永远跳不出来。现象学能够跳出这个杯子,不但看到自身,还能看到周围的环境和背景,这不是旁观者思维是什么?他还发明了一种加括号的提法来说明旁观者思维如何起作用。他说当发现一个理论或说法有问题的时候,既不能匆忙把它推翻,也不能马上认可,而是用括号将它括起来,然后以一种中立、客观的姿态——即旁观者姿态——去观察它，直到得出确定性的结论为止。

旁观者思维可以在我们的日常生活中发挥奇效。我仅举出几个例子。

场景一：

和难缠的人打交道。现实生活中，我们总会遇到一些难于沟通的人，是不是这些人真的不能沟通呢？还是我们的沟通方式有问题？马歇尔·卢森堡提出了一种有效的沟通方式——非暴力沟通。他指出，和人——特别是难打交道的人——交流前，一定要防止心中事先给他贴标签，心中要不带任何判断，以中立、客观的态度先听对方阐明自己的看法和观点，然后再进一步地去沟通。实践证明，采取这种方式，沟通效果会好很多。之所以有奇效，我想是因为作为旁观者能够更客观地看待对方吧？

场景二：

部门内部讨论一个项目的时候，往往效率低下，很难确定一个理想、正确的解决方案。稻盛和夫提出了一种做法，效果不错。他在京都陶瓷株式会社工作的时候，每次部门开会，他会邀请一个另一个部门的无关人员参会，然后也会请这个旁观者发表他的看法和观点。稻盛和夫认为旁观者也许不专业，但是他的看法客观、中立，不带偏见，一定有可借鉴的地方。

- 野菊花

场景三：

遇到伤心事、不顺心的事，越想越气，心中不断慨叹命运之不公。如果改变一种思维方式，以旁观者的姿态看待世界和自我。从旁观者的角度，我们会发现，世界太大了，每个人就是其中的一粒小小尘埃，每个人都是世界的匆匆过客，所谓的得失悲欢转眼都会成云烟，如是，还有啥可伤心的？我们做不到像庄子那样，老婆去世了，击缶而歌，但是遇事稍稍想开点，不至于呼天抢地，也是不难办到的吧？

场景四：

当好朋友遇到伤心事向你倾诉的时候，最好的方式是静静当一个倾听者、旁观者，而不是说些言不由衷的宽慰话。因为，更多时候朋友需要的是宣泄和倾诉，而不是那些起不了任何作用的套话。

印度哲学家克里希那穆提说过，不带评论的观察是人类智力的最高形式，我越来越相信这句话。

第二部分：成长从思考开始

追求卓越，从不从众开始

几天前，有同事拿了一个广告文案给我看，我觉得内容和形式都过于平淡，和其他同类广告没有任何区别，同事反问了一句："大家都这么做，不正好证明是有效、正确的吗？"他这一问，还真把我给呛住了。是啊，大家都这么做，一定有他的道理，但是这个道理是不是一定是正确的呢？我觉得要打一个问号，而且是一个大大的问号。

一般来说，大家都在做的事情（或者同样的做事方式），确实有他的道理，想来想去不外乎包括下面几条：

第一种情况，很多事情满足了作为人最基本的需求，一些做事方式是历经岁月的磨砺传承下来的。比如吃饭、穿衣、走路，等等是每个人每天都在做的事情，它们满足了人类最基本的生存需求，不做这些事情，人活不下去。除了物质需求，人类还有更高层次的需求——人类有别于其他动物的高级需求，即精神方面的需求，比如阅读、绘画、弹琴、旅游……在当今物质日益丰富的社会，精神需求和最基本的物质需求一样，也是必不可少的。

无论最基本的物质需求，还是精神需求，只要是现代人，都得去满足，而且还得按正常的方式去做，不能为了标新立

• 野菊花

异，故意与众不同，否则生存质量都得不到保障。

很多日常的做事方式，是经过岁月的沉淀，被证明是高效、正确的。人类不同于其他动物，我们在与世界打交道的过程中，会思考，会探索，通过不断试错，积累宝贵的经验。这些经验会通过各种方式传承下来。后人在做事的时候，不需要再去重新摸索了，拿来即用就行。众人采取的很多做事方式就是前人踩了无数个坑后换来的，如果一切从零开始，那样人类永远不会进步。

但是，存在另外一种情况，有些事情（或做事方式），大家之所以趋之若鹜，不是因为它有效地满足了需求，解决了问题，而是因为它做起来容易，而有些方式少有人选择，只是因为它太难。人天生都有畏难情绪，本能都不愿意做难的事情，哪怕无数事实证明了好处有很多。

就拿锻炼身体这件事来说吧，大家都知道经常锻炼对身体有好处，但是真正能够做到日复一日，月复一月，甚至年复一年锻炼的人何其少，原因无他，坚持锻炼，一定要花费很多精力，牺牲很多休闲的时间，这些时间可以用来睡懒觉、聊天、玩游戏……那些事情做起来要容易得多。因此能坚持锻炼的人永远只是一小部分，大部分人对于运动这件难事选择了逃避。

在学校里学习的学生也一样。大家都知道勤奋能够有助于成绩的提高，但是，只有少数人能够真正做到。勤奋之所以难，因为它意味着要比一般的学生花费更多的时间在学习上。而爱玩是所有青少年的天性。取得好的学习成绩的，永远是那小部分学生，除了极少数非常有天赋的外，那些成绩好的学生一定是很勤奋的，大多数不愿意吃苦努力的学生只能取得中等成绩，当然不排除少量的学生虽然勤奋，但只是"伪勤奋"的学生成绩同样不令人满意。

进入社会工作同样如此。能够在工作中取得突出成绩，乃至做出突出贡献的也永远是一小部分人。和大部分人的工作方式不一样，有一小部分人在工作时，愿意动更多的脑筋，花更多的精力（包括牺牲休息娱乐的时间），不做到让自己完全满意不罢休。遇到难题的时候，一般人可能就知难而退了，而他们不一样，他们越是遇到难题越兴奋，认为是难得的挑战的机会。对于他们而言，办法永远比困难多。这样的一小部分人，是单位乃至社会的精英分子，他们在同样的时间内，取得远远高于普通人的成就。

大部分人之所以未能做到和以上这些人一样取得健壮的体魄、良好的学习成绩或者突出的工作成果，原因无他，就是大部分人选择了最容易的做事方式。

还有一种情况，就是大部分人的眼界不够宽，思想高度不够高，因此做了非最优的，甚至错误的选择。受时代和环境的影响，大部分人眼界不够宽，对一些艰深的或者

• 野菊花

新的事物或思想，无法正确地认识。很多时候，他们的选择是基于一种从众心理，并非基于自己独立的看法。这种情况在一些群体中表现得尤为突出，难怪勒庞在他那本《乌合之众》中指出：个体一旦成为群体成员时，智力水平会立刻大幅度降低。

真理往往掌握在少数人手中。

叔本华著名的代表作《作为意志和表象的世界》，首次公开发行总共才卖了 300 本。叔本华并不气馁，他说这本书不是给当今的人看的，当今能看懂的人寥寥无几，他的书是给未来的人看的。

凡·高，印象派的绘画大师，他的遭遇不比叔本华好多少，他的作品在他在世时同样是无人问津，这样一位大师到死才卖出去寥寥无几的作品。尽管他的一生穷困潦倒，但凡·高生前始终坚信，他的才华和作品一定会得到后人的认可。

经过时间的沉淀，无论是叔本华的思想，还是凡·高的作品都得到了后人广泛的赞誉。

在当今现实世界，虽然叔本华、凡·高这类的天才也不多，但是每个领域，一定存在少数人，他们具有不同俗人的眼光和看法，时间会证明他们的选择是对的，众人是错的或者非最优的。越早接触到他们的想法，往往意味着更多的机会。

从上面的三种情况来看，众人的选择不一定是正确的、合理的。由此可见，无论是在日常工作还是生活中，当看到大家都以同样的方式做一件事情，自己面临选择的时候，我们要好好想想，到底当下属于哪种情况。

如果是第一种情况，我们不要去反抗常识，不要去违背经过岁月沉淀下来的高效的做事方式；但是凡事都有例外，那些经验鱼龙混杂，需要睁开眼睛分辨才行。笛卡尔说过，除了自己亲自验证过的和他自己之外，他不相信任何东西。正是因为这种怀疑精神，他才取得了非凡的成就。

就是在今天，如何去伪存真，仍然是摆在每一个现代人面前的课题，既不能因循守旧，随大流，也不能成为当代的堂吉诃德，不碰个头破血流不罢休。

如果是第二种情况，因为太容易，不费脑子，少费精力，那么我们要想清楚自己到底要取得什么样的成果，我们要了解一点，要想从芸芸众生中脱颖而出，取得和众人不一样的成果，那么一定要付出不同于众人的艰辛和努力。

如果是第三种情况，我们不具备高瞻远瞩的智慧，看不到正确的道路和方向，怎么办？那么，我们要做的不是从众

- 野菊花

（尤其是要从所属的群体中跳出来），去寻找那些智者和能人，每一个行业，每一个领域，甚至每一件事一定会有人给出与众不同的答案 —— 让人思考后，拍案叫绝的答案，对此，我们学习即可 —— 这也是我跟同事给出的答案。

追求卓越，从不从众开始。

人人都是西西弗斯

这是一个流传甚广的古希腊神话，故事的主角是一个叫西西弗斯的男人，因为得罪了诸神被处以严厉的惩罚：他被带到地狱，每天只做一件事，将一块巨头从山脚下推到山顶。石头很重，西西弗斯不得不一直弯下身子，用肩膀顶住石头，一步一步往上推，再累都不能松懈，否则石头就会越过他的头顶滚下去，前功尽弃。当他好不容易到达山巅，山巅却因无法承受石头的重量而坍塌，瞬间石头又会滚落到山脚下，西西弗斯不得不从头再来。就这样周而复始，永不停息。

在诸神看来，没有比从一开始就知道是无用功，但不得不一直进行的重复劳动更让人绝望和痛彻心扉的了——西西弗斯受到了"应该"受到的惩罚。

现代人大多会对西西弗斯的不幸遭遇动恻隐之心。然而，人们往往没意识到，我们每个人的身上何尝没有西西弗斯的影子，他的遭遇又何尝不是我们自身遭遇的缩影。我们之所以浑然不知，只不过是造物主巧妙使用了障眼法，我们的双眼被遮住罢了。

我们绝大多数的普通人也是拉着磨不断转圈的"驴"。

• 野菊花

黑格尔说过，我们大部分人到 30 岁就相当于已经死亡了，从那时起，每天就是前面日子的重复，我们很多人已经对未来不再抱有幻想，不知不觉接受了命运的安排。

回想年少的时候，我们哪个不是意气风发，哪个不以改造世界为己任。我们梦想成为科学家、思想家、艺术家，或者企业家，最不济也成为一个受人尊敬的工程师，没有人认为自己会是一个平凡或者平庸的人。为改变世界而读书，为国家崛起而读书，多么响亮的口号！然而岁月会让人们认清这一点，我们绝大多数人只是这个世界的一粒微不足道的尘埃。当我们踏入社会准备大干一场时，这才发现原来我们很多时候想得太简单。还没等我们改变世界，现实就给我们惨痛的教训，我们就像冲向风车的堂吉诃德，一次次摔得鼻青脸肿——非但改变不了这个世界，连看见他的真实面目都是奢望。慢慢地，我们不得不认清自己的渺小和无助，变得越来越谨小慎微。

改变不了世界，退而求其次总该可以吧？为了适应这个变幻莫测的世界，我们想方设法去改变自身。事实表明，我们也当不了自己的主人。一双无形的手，冥冥之中，似乎无时无刻不在操纵着我们的身子，不，还有灵魂。我们一次一次踩到同样的坑，一次一次在同样的地方摔跤——连跌倒的姿势都是一样的。我们曾天真地以为，只要痛定思痛，不断地总结，一定会成就一个更完美、更强大的自我，这个想法回想起来是多么的幼稚！在吃了无数次亏后，我们终将发现一切如故，自己根本对抗不了那双神秘的手。

我们意识到自己既做不了世界的主人，也做不了自身的主人时，我们不得不选择做一头眯着眼睛转圈的驴——不再期望奇迹出现了。我们每天做着大同小异的事，说着无关痛痒的话，见着低头不见抬头见的人。我们越来越适应这种生活，这种单调的重复变成了一种习惯和自欺欺人的享受。

这样的生活，和西西弗斯日复一日推石头上山有什么本质的不同？如果我们有勇气认清这一点，会不会也对自己动起恻隐之心？

再来看看我们每个人的结局吧。

我们每个人，从出生开始，结局就已经注定，谁也逃避不了，这一点从我们懂事那一刻就知道。大部分人这辈子都要经历出生、少年、青年、壮年和老年的过程，在这个过程中，可能看到不一样的风景，但最后的结局没什么不同，我们每走一步，就向那个结局靠近一步。就连那些所谓的成功人士，穷其一生为财富、名声、权力、地位耗尽了气力，也如愿过上了人上人的优越生活，但最后的结局仍和常人无异——赤裸裸地来，赤裸裸地走。无论曾经得到了什么，无论是如何不舍，最终，一切化为乌有。

这个早就注定的结局和西西弗斯无可奈何的结局何其相

• 野菊花

似啊！

既然我们改变不了世界，也改变不了自己，一无所获的结局早已注定，那么人生的意义何在？

我们来看看西西弗斯怎么面对的吧。

当诸神将惩罚降临到西西弗斯身上的时候，他们满以为西西弗斯会绝望，会崩溃，但是他们做梦都没想到，西西弗斯不但没有倒下，反而精神抖擞。

西西弗斯之所以得罪诸神，重要的原因之一是，他重返人间的时候，水、阳光、石头、大海等生机勃勃的景色打动了他，他再也不愿意回到阴暗的地狱了。他知道违背神的意志将面临怎样的惩罚——从决定留在人间那一刻起，他就已准备好。因此，当他耗尽全部力气一无所成时，他没有自怨自艾，因为他知道这是留恋尘世必须付出的代价。

西西弗斯竭尽全力将石头往山上推，承受着体力和精神的双重折磨。诸神待在一旁，期待看到西西弗斯的绝望和无助。然而，他们失望了。西西弗斯对待那必然的宿命并没有灰心丧气，更没有举手投降，他采取了一种蔑视的态度。他不再追求推石头的结果，无论是上山还是下山，他将受折磨的过程变成了一种享受。

这种态度，让诸神缄默不语，他们不得不承认输了。

那我们呢？我们面临的命运和西西弗斯何等相似。我们中间有多少人拼尽了全部气力，但还是活成了一个最普通的人，活成了一个转着圈，注定一无所成的人。

命运之神是不是也在一旁等着看我们的笑话？他是不是也认为我们除了发出阵阵哀鸣外，只有不断衰微，走向毁灭？

不，我们还有别的选择！我们可以昂首挺胸，可以意气风发，我们可以像西西弗斯一样，蔑视命运之神给我们的安排。

我们不再埋怨老天没有赋予我们卓越的才能，非凡的勇气；我们不再慨叹没有得到幸运之神的垂青；我们微笑面对那一次次碰壁，一次次摔跤；我们对那些财富和名利嗤之以鼻……

如是，我们岂不也成了倒不下的西西弗斯？

• 野菊花

能量、熵和连接

每当听人提起丹麦这个国家的时候，我会不由自主地想起安徒生这个人和他创作的那个美丽而又悲伤的童话故事——《卖火柴的小女孩》。

一个寒冷的冬夜，大雪纷飞，路上行人稀少，人们都躲进生着温暖炉火的房子里了，橘黄色的灯光携带着欢声笑语从一扇扇窗户里泻出来，漫天飞舞的雪花在灯光照射下闪闪发亮。一个卖火柴的小女孩蜷缩在阴暗的街角，双目无助地看着雪花一片一片，一片一片在面前簌簌落下，落到她的头上，落到她的身上，落到她的脚下。她在寒风中瑟瑟发抖，四周却找不到一个买火柴的人。天气太冷了，寒风像刀子一样冰冷刺骨，小女孩小心翼翼地擦亮了一根火柴，一个小火苗立刻蹿出来，发出耀眼的光芒，在光里小女孩仿佛看到了天堂的景象，一切是那么美好，那么温馨，那里没有黑暗，没有寒冷，没有饥饿，她内心得到了前所未有的慰藉。一根火柴灭了，小女孩又点燃了一根，又一根……就这样，火柴用完了，小女孩冻死在街头，也到达了她梦中的天堂。

这个故事确实让人黯然神伤。火柴到底能给女孩带来什么？我想火柴带来的最多是幻想和希望，但是并没有给她带来急需的能量，火柴产生的热量太小了，远远不足以让她抵抗外面那个冰冷的世界，斗胆将故事的情节修改一下，假如小女孩像《雾都孤儿》里面的奥利弗一样幸运，也碰到了好心的布朗洛先生，可怜她，将她带回家，让她待在散发着熊熊火焰的壁炉边——而不是一根小小的火柴边——烤着火，她还会失去生命吗？可惜安徒生比狄更斯残忍。

故事的结局不是我要说的重点，我要说的是，为什么人需要足够的能量才能生存？

生物学家认为，人就是从一个受精卵经过有丝分裂形成的有机体。人体内有无数个细胞，虽然发育过程中，形成了不同的器官，功能不一样，但它们几乎拥有相同的生命密码。生命从诞生开始，无时无刻不从外面世界吸收养分，进行称之为新陈代谢的活动。各种各样的食物经过人的消化系统分解、吸收，和氧气一道被线粒体吸收转化为一种叫 ATP 的物质，ATP（腺嘌呤核苷三磷酸）要么转化为人体做功需要的能量（人走路、读书、思考、看电影，甚至睡眠，一切活动都会消耗能量），要么以热量的方式散发出去，多余的成为过冬的物资——脂肪。为了防止能量的过分流失，人体需要衣服来抵御寒冷。上面童话故事中的小女孩之所以会被冻死，就是因为人体为了对抗寒冷，不断消耗身体内部的能量，最终她因为无力维持生命的正常运转而导致死亡。

由此可见，生命离不开能量。

- 野菊花

有科学家将热力学中的一个热门的名词"熵"引入了生物学中。熵在热力学中指的是物质的混乱度，它和能量及对应环境的温度有定量的关系。热力学中有个著名的"熵增定律"，这个定律也被人们推广到了各个学科领域，当然生物学也不例外。这个定律认为，一个封闭孤立的系统，如果没有外力做功的话，熵值会不断增加。就像我们的房子，如果不打扫，就会越来越脏，书桌上的书本不整理的话，会越来越乱，如果地球没有太阳照耀的话，地球最后会变成一个死疙瘩。

人体也一样，会不断产生熵，这些熵不排除的话，人体就会走向衰亡。实际上，我们身体每天有700亿个细胞死亡，每隔7年，我们整个身体细胞基本上换了个遍。我们的皮肤几乎全部都是死亡了的细胞，它们就像一层外衣，延缓水分和热量的散失，保护我们免受外界的攻击。身体不断地推陈出新，活下去是唯一的本能。为了对抗熵增，有人提出了负熵的概念，负熵是熵的反面，指的是物质的有序度。生物学家们认为人们摄入的食物就是负熵。

薛定谔就有一句名言："生命以负熵为生。"

熵还和另一个名词"信息"息息相关。香农发明了这个称呼并给予了明确的定义：信息是对某件事可供选择的多少的度量。我们每天打电话、发邮件和微信传递的就是信息。信息衡量的是一个物理系统和另一个物理系统交流的能力。玻尔兹曼在香农的基础上提出了一个信息的公式，这个值和热力学的熵一致，熵摇身一变，代表了"丢失的信息"。量子力学之父普朗克认为"万物源于比特"，表示"一切都是信息"。

在这里，我姑且将能量、负熵和信息都统一称为能量，虽然在不同的场合，特定称呼严格意义上更合适——比如，当我们将外界的体验和感觉吸收进来转化为思想的时候，这些体验和感觉似乎用"信息"一词更贴切些。

回头谈谈量子力学理论。很早以前，爱因斯坦就确立了质量和能量的定量关系。他认为所有的物质都是能量，质量和能量之间可以相互转变。量子理论干脆认为整个世界就是一个量子场，所有的物质在普朗克尺度下，就进入了一个不确定的世界。在这个世界里没有实体存在，只有关系。量子是一个能量单位，光、粒子本质上都是量子。量子只有在相互作用的时候才能被"看见"，量子只是一片概率云，它有三个显著特点：分立性、不确定性和关联性。

也许你会说，我们看到的宏观世界是确定的啊，就像我们往上抛一个球一定会掉下来一样。其实这个原因不难解释，正如从远处看大海风平浪静一样，如果我们靠近它，就会发现原来眼睛欺骗了我们，大海表面微波荡漾，浪花翻滚，微观世界和宏观世界完全不一样，在微观世界里没有确定性，就像一间充满阳光的房子里，我们可以看到光线里布满了细小的灰尘颗粒，单个看，每粒微尘运动方向是不确定的，

- 野菊花

但是整体看,却是下降的。

量子理论给我们一个重要启示是世界(当然包括人)本质上是互联的,万物就像薛定谔眼中的猫,死猫还是活猫,只有去观察和它发生联系的时候才能确定,中间则是虚无。

人是一堆有思想的蛋白质。动物(也包括绝大部分植物)的感官有视觉、触觉、听觉等知觉能力,这些是它们与世界连接的方式,但思考是人类独有的能力。其实,人和万物没有什么两样。我们生命的组成与这个世界的其他动植物并没有本质的区别。我们是在那个混沌时代,由一团类似RNA(核糖核酸)的物质慢慢进化而来,人类没有自诩的那么高贵。我们称之为思想的东西,本身就是有秩序的物质,它能够将从外界受到的影响转化成思想内容,这个过程也遵循严格的物理定律,比如能量守恒定律、熵增定律和量子理论的阐述。

人从出生开始,就踏上了死亡之旅,因此整个生命的历程就是一场体验,在这个过程中,不断吸收能量和信息(负熵),抵制与生俱来的熵增,延缓死亡。而这个熵不光是物理意义上的垃圾,还有思想的垃圾,两者本质上并没有什么区别。

让我们最后想象一下,将世界想象成一个巨大的网格状的实心球(爱因斯坦将空间描述为三维曲面)你就是其中的一个节点,某一天,从球里某处发出一个声音:"伙计,你长什么样子？无聊不？要不我们聊聊？"然后你回答："兄弟，说实话吧，我也不知道我的样子，我知道镜子里的我不是真正的我，不过，聊会儿也无妨。"然后两人跨越时空的阻隔建立了连接，两人进行能量交换，最后相互成了对方的影子。

这个连接无时无刻不在进行，"他"是世界里的一切，他是你的熟人、邻居、朋友，擦肩而过的陌生人，包括你曾经徒步走过的荒山野岭，蹚过的溪流草甸，包括你观看过的某场电影、音乐会，等等，当然也包括此刻你手中捧的这本书。

正是这无数个"他"塑造了你，你不是你，你是无数个连接。

• 野菊花

活　着

　　一直以来，体面地活着成了很多人奋斗的目标，体面意味着处于社会的上流阶层，锦衣玉食，名利双收——但这样的人生真的是我们内心想要的吗？

　　让我们来看看那些伟大的思想者留下的足迹吧！

　　古希腊犬儒学派的代表人物第欧根尼成天坐在一个大木桶里，无所欲无所求，他认为那些物质对于人来讲都是羁绊，不但带不来快乐，反而带来无尽的烦恼。当超级粉丝亚历山大大帝站在他面前，问他需要什么的时候，他只是说了一句："请你走开一点，不要挡住我的阳光。"

　　日食三餐不过满腹，夜卧一床不过六尺，物质、名利这些东西只有在得到那一刻，让你觉得幸福，叔本华对此做了精确的总结，他说，人的一生就在痛苦和无聊两端摇摆，得到了就无聊，得不到就痛苦。名利无论得到还是得不到，其实都带不来幸福。

　　除了对外在的物质和名利的追求外，作为有情感、会思考的高级动物，人类还有其他的选择，那就是精神层面的追求。

苏东坡说，宁可食无肉，不可居无竹；无肉令人瘦，无竹令人俗。他眼中的竹子，虽饥不可食，寒不可衣，但体现的是一种雅，能让人赏心悦目，它带来的美的享受远比饕餮大餐更让人陶醉。当代美学家朱光潜对俗的定义是，像蛆钻粪一样求温饱。这个比喻很不客气，但形象地嘲讽了眼中只有物质，没有精神追求的人。他认为，真、善、美三者是统一的，是人的最高追求。这种追求，虽不能带来吸鸦片那样短时的快感，但是却能带来心灵长久的安宁、平和和愉悦。

苏格拉底在逛集市的时候，面对琳琅满目的商品，笑着说，这些东西都很好，但我不需要。正因为他对外在的东西没有过多的要求，他将所有的精力投入对世界本质的思考和探索上来。和对物质的漠视相反，他对未知世界的探索，却从不满足，正如他那句名言所说：我唯一知道的就是我什么都不知道。

凡·高本出生在一个家境不差的家庭，但是，他对艺术的追求热情，让他一生颠沛流离，很多时候甚至食不果腹，但是他从不放弃。在生命的最后阶段，他为了创作，天天顶着烈日和狂风，在旷野中用生命的余晖去绘制最美的画卷。当他感到自己的才思枯竭的时候，他觉得他到这个世界的使命也就完成了。

他饥寒交迫地活着，到死成就也没得到世人承认，但他

• 野菊花

内心体会到了无与伦比的快乐，这种快乐远非金钱、物质能比。

还有的人，在生命的中途突然觉醒。在世人看来最辉煌的时刻，却选择了逃离。

维特根斯坦是近代最伟大的哲学家之一，在他声望正处于顶峰的时候，抛弃一切，跑到一个偏僻乡村去当小学老师。后来还当了几年的修道院的园丁。在担任了几年剑桥大学教授后，他最终还是过上了默默无闻的隐居生活，他的一系列决定总是让人大吃一惊。他本可以拥有显赫的身份，过着富足的日子，但他选择简单，甚至拮据地活着。在离世之前，他留下遗言：告诉他们，我度过了精彩的一生。也许他在逃离名利场的喧嚣后，才真正获得了内心的平静吧。

除了像苏格拉底、凡·高、维特根斯坦等那样对物质和名利采取完全蔑视的态度外，其实，还有一种活着的方式，即用出世的态度做入世的事。在这方面，物理学大师费曼是典型代表。

费曼一生取得了无数的学术成就，并因此获得了诺贝尔物理学奖。他对世界抱着一种强烈的好奇心理，他从事科学研究纯粹出于对科学的热爱。因此，当他的科学成果被别人署名的时候，他竟然一笑置之。他说，重要的是找到了问题的答案，至于是谁并不重要。因学术成就他被评为美国科学院院士。但是，他发现这些虚名并不能为他的研究带来任何益处，反而成了他研究的障碍，因此他多次提出辞掉院士头衔，在他的坚持下，最终如愿。费曼没有像维特根斯坦那样选择逃离，而是在这个世俗的社会里，坚持了自己的理想和信念。

巨擘们对世界坚持不懈地探索，对真理孜孜不倦地追求，不是告诉我们正确的结论，而是帮助我们去独立思考，去得出自己的答案。

活着，每个人有每个人的活法，活法不同，生命的体验就不同，看到的风景也不同。

• 野菊花

成功的谎言

在大多数人眼中，失败就像一个驱之不去的幽灵，它带来的是屈辱、失望和黑暗，而成功则像一个遥不可及的天使，它象征着美好、希望和快乐。人们忙忙碌碌一生，追求着成功，却总是不由自主陷入失败的泥潭里不能自拔⋯⋯

有些成功学大师一直在苦口婆心地给人们灌鸡汤：失败是成功之母，你之所以不成功，是因为不够努力，是因为缺乏勇气⋯⋯然而，失败了一次又一次，心头的希望之火早已熄灭，无论是身体还是灵魂早就被失败之鞭抽得麻木了，那些大师还不放弃给人们打气：别害怕失败，只有面对它，才能战胜它！别泄气，继续加油！多么豪迈的口号啊！然而，世上的俗人们真的只有这样才能成功吗？

在我看来，上天其实给予每个人不同的天赋，你在哪块有缺陷，在另一块你一定会很优秀，这个世界因不完美而完美。失败只是一个谎言，不折不扣的谎言，不是我们用劲用错了方向，就是上天为我们量身定做的成功为时尚早，我们太着急了。如果是前者，那我们就上了那些成功学大师的当，无论我们如何努力，我们都不会成功，就像一个天生的瘸子，你要他立志成为一个长跑冠军，越努力会越失败；如果是后者，那我们要好好思考，我们怎样去抓住这个难得的机会。

上天很公平，它不但赋予每个人独一无二的闪光点——尽管这个闪光点藏在每个人的灵魂最深处，同时它也给了每个人可能是唯一一次闪光的机会，爆发出耀眼光芒的机会，成功的机会。人的一生很漫长，上天要求我们做的其实也很简单：看清你自己，耐心等待就是！

成功学大师们看到这里估计鼻子都气歪了："鬼扯，哪有人随随便便成功？你举个例子来，我才服你。"要我举出一个成功的例子确实很难，原因很简单，我自己也不认识所谓的成功者，我心目中的成功者起码不是在几千人、几万人的会场贩卖成功秘籍的大师，不是发行几百万册成功学书籍的畅销书作家，也不是给成千上万粉丝灌鸡汤卖私货的网红主播……我虽然不知道这些人是怎么"成功"的，也不知道他们是不是能经受住岁月的考验，但我知道他们说的不全是实话。成功的例子举不出，失败的例子信手拈来——亲爱的读者，看看你自己，看看我们周围的人，满目皆是焦虑而忙碌的身影，这还用我费神找寻吗？

那么，问题来了，为什么我们迄今为止没有成功？让我们将那些成功学导师的鬼话抛在脑后，重温两千年前希腊德尔斐神庙前的那句名言："认识你自己"，让我们抱着怀疑一切的态度去看待这个世界，不再在乎别人的看法和眼光，让我们试着聆听自己内心深处发出的声音，我们会不会发现我

• 野菊花

们全心追求的东西只不过是一些永远得不到满足的欲望？它们不是我们真正热爱的事物，即便得到了它们，在离开这个世界前，我们也无法告慰自己：我度过了精彩的、无悔的一生。

在拨开世俗偏见的迷雾后，让我们全身心寻找我们真正热爱的东西。这条通往成功的必由之路注定是崎岖的、险峻的、艰难的。 然而，这个追求的过程又是快乐的，所有肉体的、物质的、可见的一切都不能磨灭我们的激情，内心的充盈让我们变得拥有足够的耐心，我们耐心等待着成功到来的那一天。

当然，我们也会误入歧途。很多时候，我们以为我们害怕失败，所以不敢尝试，我们因此待在舒适圈里麻醉自己，日复一日走着同样的路。只要我们的目光转向内心，我们终会发觉，相比失败，我们更害怕成功，失败的次数多了以后，失败已经司空见惯，我们不但不会因此遭受打击，反而对它会产生依赖，失败不知不觉成了一种能让我们产生快感的麻醉剂。那么成功呢？成功却成了一种未知的、不确定的恐惧，变身成了一只可能打破现状的怪物。当然，我们口头上不会承认这一点，意识上也不会。于是，我们在假装很努力的同时，想方设法设置障碍，千方百计阻碍成功的到来。每每与成功失之交臂，我们心里就拨弄着小算盘：又失败了……你瞧，不怪我吧，我真的尽力了——多么完美的借口！当然，这一切都是在潜意识中进行的。

没人对成功的渴望拥有免疫力，连李白、苏轼这样的大学士也不能免俗，也难免在追求成功的路上犯错。学而优则仕，当官成了他们毕生的理想和追求。在他们眼中，学识算不了什么，乌纱帽才是成功的唯一标志，和那些高官厚禄者相比，就算学富五车也是个失败者，他们奋斗一生，怀才不遇，最终以一个失败者的心态郁郁而终。斗转星移，他们不知道的是，时至今日，那些官员的名字早已随风而逝，而李白、苏轼等人的名字却和"飞流直下三千尺，疑是银河落九天""但愿人长久，千里共婵娟"这些璀璨夺目的诗句紧紧联系在一起，穿越时空流传下来，被人们广为传颂。

这一切源于我们心中的孽障。因此，我们要直面失败，更要学会直面成功。只要我们卸下心灵的包袱，认识到成功是上天安排的必然归宿，它不是上天对我们额外的垂青，而是给我们早就准备好的私人礼物和犒劳，用不着他人说三道四。我们无须假装很努力，无须假装很受伤，只要拥有足够的耐心，快乐地追求，我们就会看到成功就在不远处招手了。

说了这么多，忘了说出至关重要的一句话：什么是成功？我斗胆以为：一个小女孩在地上打滚哭闹，终于得到了垂涎已久的棒棒糖，这是成功；一个男人一脸自豪地向老婆孩子掏出当月的奖金红包，这是成功；一个小企业主在经历了无数次商海沉浮后，最后一次无奈地关上工厂的大门，这是成

- 野菊花

功；一个骑行爱好者风餐露宿，以苦为乐，阅遍天下美景，这是成功……

　　这个世界根本就没有一个模式的成功，成功就是活成自己想要的样子。

第三部分：带你看世界

我的世界丰富多彩。

大自然曾经一次次拨动我的心弦，花开、水流、日升日落……它是我的心灵庇护所。

那些擦肩而过的普通人，他们看上去毫不起眼，然而他们身上偶尔发出的光，让我感受到人性的力量。

还有那些穿越时空的老朋友，他们总是静静地待在书房里，我随时可以过去和他们聊天，他们的思想像火炬一样，驱散我前行路上的迷雾。

……

此刻，我想为孩子们打开一扇窗户，一窥我的世界。

我们来到这个世上,就应该跟最好的人,最美的事物,最芬芳的灵魂,倾心相见,唯有如此,才不负生命一场。

——尼采

乡村的停电往事

小区停电了,手头的事情不得不停了下来。我走出家门的时候,看到一些小孩子欢呼雀跃的样子,我一下子想起了我的童年时光,那些尘封的往事像开了闸的洪水奔腾而出。

小时候很少停电,因为那时的乡村压根就没电。从记事起,家里每个房间的天花板上都安上了电灯,但是它们老是板着一副冷冰冰的面孔,灯绳有气无力地吊在空中,怎么拉扯也没用,我几乎忘了家里还有个能带来光明的使者。

夏天,是一个万物丰润、热火朝天的季节,我记忆中的乡村生活和电扯不上太大的关系。

黄昏时刻,夕阳染红了天边,母亲就到家附近的菜地里采摘新鲜的蔬菜,放到菜篮子里装好后,来到村子中心的池塘边。池塘上游有一条水渠,一年四季有活水流入。池水有时是青色的,有时是灰色的,捧在手上凉凉的,她蹲下来,用水将一棵棵青菜冲洗干净。回到家的时候,天已擦黑,该准备晚餐了,母亲和奶奶在厨房里焖米饭、切菜、炒菜,忙个不停。偶尔父亲也会带回来一两条白天在外面水库或水沟里捉的鱼,那就是难得的大餐了。大人、孩子(如果回来得早的话)一起齐心协力,刮鱼鳞、掏内脏、切鱼块,家里养

• 野菊花

了很多年的那只老母猫,蹲在一旁,看主人忙活着,一脸馋相。它知道,内脏会留给它的,只是有点等不及了。

厨房里光线越来越暗,土灶里的柴火自然而然成了照明灯,发出的光,落到斑驳的墙上、人的脸上,红彤彤的。等到夜幕完全下垂,香味就会在屋里飘荡,甚至溢到屋外——整个村子的空气都弥漫着米饭和蔬菜的香气,终于到吃晚饭的时候了。

"三娃子——""二狗子——"叫唤声回荡在村子上空,此起彼伏。散在村子各个角落的娃们,听到自家大人的呼喊声后,立马作鸟兽散。

父亲将一张大方桌摆在客厅中间,母亲找出一盏黑乎乎的煤油灯,搁在桌子的一角。孩子们赶紧打开已经熏得发花的玻璃灯罩,母亲轻轻划火柴,点着细细的灯芯,火苗马上就蹿了出来,桌子周围马上有了亮光,我的心也跟着亮堂起来。摆上那些家常菜后,一家人围坐在一起,爷爷、奶奶照例坐在桌子的上席。父亲、母亲谈着白天的见闻和家里的收成。早就迫不及待的孩子们只顾着往嘴里扒饭,边吃边咂巴着嘴。爷爷、奶奶一边听着父母的谈话,一边叮嘱孩子们"慢点儿,慢点儿,别噎着"。

煤油灯的火苗跳跃着,灯光投到每个人的脸上。每次吃饭前,我会察言观色,如果大人脸上露出不开心的蛛丝马迹,我的心情也会低落下来,识趣地低头吃饭,不言语。特别是碰上考试的日子，气氛就会有些紧张，孩子们成绩不好的话，免不了会受到父亲一顿训斥，考得太差，甚至还不让吃晚饭，这种感觉并不好受。爷爷奶奶实在听不过去了，说声"好了，好了。天大的事，先吃饭再说"。父亲便不再言语，相比父亲那副恨铁不成钢的恼怒样子，我更怀念爷爷奶奶的慈祥笑脸。

吃完饭，奶奶和母亲收拾碗筷后，每个人开始做自己的事情。孩子们从房子的一角搬出小方桌，并将煤油灯拎过来，放到桌子中间。孩子们围着昏暗的煤油灯，做老师布置的作业。母亲坐在一旁一边监督大家，一边做着针线活。大部分时间是给上衣、裤子，或者袜子打补丁。父亲远远地坐在角落里，几乎看不见他的身影，他不是在一旁剥玉米、剥豆子，就是在磨刀，修理损坏了的农具、旧家具。这些活往往不需要亮光，闭着眼睛就可以做。

最有成就感，也最有挑战性的任务是帮母亲穿针线。在阴暗的灯光下，能将线头准确对上细小的针孔，可不是件容易的事情，我最自豪的就是，每次我都能如有神助，一次性穿好。每到这个时候，母亲就会叹口气，这孩子其实是很灵光的，为什么就读不好书呢？

过了立夏，晚上屋里闷热，忙完手头事的家人们会搬竹床或者凳子到屋外的空地纳凉。皓月当空，繁星闪烁，屋前的空地一片安宁祥和的景象。大人们天南海北地聊着天，家

- 野菊花

猫、家狗和孩子们则在四周追逐、嬉戏，笑声、尖叫声不绝于耳，等到玩累了，疯够了，孩子们便躺到竹床上睡觉，那些猫狗则蜷在一旁打瞌睡。大人们边说着话，边摇着蒲扇为他们扇风，驱蚊子。不一会儿，孩子们就会发出呼噜声。

偶尔我还会外出，跟着父亲或隔壁邻居到水田里钓黄鳝，或者到河里摸鱼，我在一旁手持手电筒照着，大人卷起裤腿下水忙活，当然有时我也会搭搭手。记忆中很少有空手而归的时候。带着战利品走在田埂上，四周蛙声一片，仿佛是为我鼓掌，萤火虫在眼前飞舞，发出星星点点的冷光，一直将我送回家。

停电了，不用做作业了，我望着眼前兴高采烈的孩子们，眼前仿佛出现了那盏昏暗的、灯光摇曳的煤油灯，还有漫天飞舞的萤火虫。

第三部分：带你看世界

大自然的呼唤

大自然就是一个充满能量的宝库，你关不关注它，它就在你的身边，不过，也许是习以为常了，也许是金钱和名利带来的快感更强烈，我们很多人已经失去了和它对话的能力。

不知道你有没有这样的体会。每次到一个地方去旅行，无论是异国还是他乡，回来以后像换了一个人似的，精神状态焕然一新。那些讨厌做的事似乎没那么讨厌了，那些看不顺眼的人也没那么碍眼了。不但心态不同了，做事情好像也顺利了很多，那是什么原因呢？

我们往往对身边的风景熟视无睹，但是如果到一个陌生的地方，我们身心的阀门就会一下子打开，就会不自觉从外界吸收能量。那些壮丽的山川、河流，那些花草，那些在旷野里奔跑的动物，蓝色澄净的天空，蔚蓝的泛着白色浪花的大海……不但会刺激我们的视觉神经，同时也会进入我们的深层意识中，以能量的方式和我们的身心发生相互作用，最终变成我们意识的一部分。和自然接触的时间越久，我们身体排出的熵越多，那些烦恼和困扰不知不觉就会离我们而去。

- 野菊花

《阿甘正传》是我喜欢的一部电影,相信很多人看过。

阿甘是一个智商低于正常水平的普通人,出生于单亲家庭,从小和母亲相依为命。阿甘因为傻没少被小伙伴欺负,然而坏事变成了好事,为了躲避同龄人的欺负,阿甘发掘了跑得快的特长。无论是在橄榄球场,还是在战场,跑得快的天分不但救了他的命,还让他出了名。然而,尽管他得到了年少时想都不敢想的东西,但还是得不到心爱的姑娘,心中惆怅不已。

一天,百无聊赖的阿甘想到外面去散散心,他穿着跑鞋出了门,起初他只想跑到村头,结果到了之后他又想多跑一点,跑到镇子里,再后来他又想跑出州,跑着,跑着,他再也停不下来了,他一口气跑到了海边,接着又想横穿美国……

阿甘一下子出名了,很多人在他的带动下也跑了起来。他的举动引起了媒体的注意。有记者问他为什么一直跑,阿甘回答道,不为什么,他就是想跑。

阿甘穿过城镇和乡村,跨过山谷和河流,在荒野里奔跑,在沙漠里奔跑,每天迎接第一缕阳光,送别最后一抹晚霞,通过不停地跑步,他不断从大自然中汲取能量,让困扰自己的消极情绪烟消云散。最终,阿甘恢复了生活的激情。

阿甘喜欢在大自然中跑步，还有人喜欢户外散步。康德是十九世纪有名的哲学家。他一辈子生活在德国的一个叫柯尼斯堡的小镇。这个小镇精致、优美、安静。康德一辈子都没离开它，他的日常工作是上课和写作。下午4点，他一定要到户外去散步，风雨无阻。慢慢地小镇居民掌握了康德的活动规律，以至发展到他们一看见康德露面就对表，没错，就是4点。据说有次康德因为看卢梭的《爱弥儿》忘了雷打不动的散步，结果市民竟然认为教堂大钟出了问题。

我不敢说散步促使康德写出了让他扬名天下的三大批判，但每天定时从房间出来和大自然交流，一定对他的健康和工作有所裨益。

还有一个关于阳光的故事。

第欧根尼是古希腊犬儒学派的代表人，他倡导极简自足的生活方式。有一天，他像往常一样坐在木桶里晒太阳，亚历山大大帝巡游到此，便特意来拜访他。亚历山大见到第欧根尼后，自报家门：

"我是亚历山大。"

哲学家动都没动，回答道："我是狗儿第欧根尼。"（犬儒学派是不是由此而来，有待考证）

大帝闻言肃然起敬，接着问道："你需要我为你做什么吗？"

"有的，请别挡住我的阳光。"

- 野菊花

在第欧根尼眼里，阳光比财富、荣誉更珍贵。

大自然发出的天籁也充满了神奇。不知道你有没有过类似这样的经历，在某个万籁俱寂的晚上，忙碌了一天的你躺在床上，正昏昏然准备入睡，突然，外面有了一点动静，开始是轻微的、零星的滴答声，后来声音越来越急，越来越密集，最后变成了哗哗的声音，仿佛置身于一个交响曲演奏厅。雨点落在屋顶的声音、落在树叶的声音、落在地面的声音、落在水坑的声音，再加上风吹过树叶发出的沙沙声，整个世界一下子热闹起来，然而这种声音一点都不刺耳。你不会因为这些声音睡不着觉，恰恰相反，在你将睡未睡之际，这种人类身体器官早已适应的白噪声，就像一座桥梁将大自然和你连接起来，将安宁、恬静传递过来，直达你的心灵。它宛如一首温柔的安眠曲，有它的陪伴，你不会思忖楼上下一只鞋子什么时候掉下来。

克里希那穆提很早就找到了人和世界深度连接的办法，他认为世界就是一种"智能"，我们从世界脱离太久了，彼此之间已经竖起了坚实的篱墙，只有在我们开始回望我们来处的时候，篱墙才会出现缺口，随着我们脑子里杂念和执着的消失，篱墙的缺口越来越大，直到我们放下一切，篱墙才无声无息地倒塌，从此刻开始，自我感随之消失，我们身心和世界合二为一，能量源源不断向我们奔流而来。

对于克里希那穆提的说法，我有切身体会。记得初三那年，脑子每天绷得就像上紧了发条的钟，就在快到忍受极限的时候，我无意中找到了一种放松的方式。有天上完晚自习，头昏脑涨的我一个人来到空荡荡的学校操场。一轮明月高悬夜空，散发着冷冷的清光。四周鸦雀无声，我头枕着胳膊，仰面朝上，在空无一人的跑道上平躺着，静静注视着孤寂的夜空。不知从什么时候起，脑子放空了，身子变轻了，最后那个念念不忘的"我"好像不见了，和周围的一切融为一体。半个小时后，我发现自己充满活力，精神焕然一新。在偶然发现这个游戏的魅力后，我一下子喜欢上了它，乐此不疲，直到初中毕业。若干年后，我才知道一种叫"冥想"的修心办法，但我认为当时的办法，不完全是冥想，让紧张了一天的神经得以放松，更像是在身体和大自然之间建立了克里希那穆提所说的连接，我背靠大地，它将能量源源不断注入我的身体，让我获得新的活力。

现在我有空就喜欢到郊外去转转，还购买了一本植物样本夹子，只要看到以前没见过的植物，我不但会拍下照片，还会摘下几片叶子。回到家里后，我小心翼翼地将它们放到夹子里面收藏好。

在某个下雨的黄昏，一个人坐在露台那把旧藤椅上，一边欣赏着天籁，一边翻翻那本装满叶子的册子，也算是一件蛮快乐的事情吧。

• 野菊花

不会说话的朋友

  这个周末是阴天,一大早整个天空雾蒙蒙的。我将车在山对面的停车场停好爬出来时,周围的一切依然是蒙眬的。天上间或飘下来几滴雨点,落在脸上,感觉凉凉的。

  马路另一侧的山头,在薄雾中时隐时现。它的个头不是很高,像一个中年人的半身雕像,身子宽宽的,脑袋尖尖的,脖子缩在那件郁郁葱葱的绿色外套里面,平添了一点滑稽的味道。山正中间有一条路,掩映在翠绿丛中,像一条浅色领带,在胸前弯弯绕绕,好像随时会飘起来一样。

  我小心翼翼地跨过马路,来到了山脚下。抬头向上,那条领带不知何时变成了一架从天而降的云梯,一级连一级,徐徐向上,看不到尽头,仿佛是专门迎接人们到天庭做客似的,我站在云梯前,环顾左右,别无他人,莫非我就是今天唯一的客人?

  我不禁有些欣欣然。这个周末难得轻松,本想约几个朋友一起出来透透气,却猛然发现上次约人已经是很久很久以前的事情了。我对着通讯录叹了一口气,最终还是决定自己一个人出来——没想到此刻成了唯一的客人。

第三部分：带你看世界

我眼睛紧盯着脚下，一步一个台阶。四周除了渐渐远去的嘈杂的车流声，唯有咚咚的心跳声在耳畔回响。台阶都是一块块完整的石头凿成的，每一块都不一样，表面很平整，微微有些润湿，但脚踏上去稳稳的，不打滑。在塞进去一张薄纸片都困难的石缝里，孕育着绿色的生命，时不时冒出来一两棵野草，神态各异，哪怕是歪着身子，也要拼命探出头，向着阳光生长。歪歪斜斜的身姿，暴露了一个生命对生存的无限渴望。

尽管爬得很慢，双腿越来越吃力，后背不断有汗渗出，很快上衣就变得湿漉漉的了。半个小时过去，腿上看不见的铅块不断加码，再也迈不动了，我决定稍做调整，不再勉强自己了。我停下脚步，抬起低下已久的头颅，环顾四周，才发觉不知不觉间已经到了半山腰，回望山脚下，马路上的车子和行人不知什么时候都变成了蠕动的斑斑黑点，车水马龙的声音也被此起彼伏的鸟鸣所取代。此刻我还注意到，云梯的宽度是渐变的，越往上的部分越窄，树多的路段，树枝甚至在道路上方织起了网。

大部分路段两旁是灌木。一眼望去，满目的苍翠，除了大片的各式各样的绿色——深绿、墨绿、浅绿、灰绿等——充斥眼球外，各种颜色的鲜花——黄色、蓝色、紫色、红色、白色等——大的、小的应有尽有。

眼前的这个世界不但是一个花枝招展的世界，更是一个

• 野菊花

活生生的世界。我慢慢地往上爬，周围的一切好像动了起来，两旁的花草树木，或随风摇曳，或点头致意，或口吐芬芳，个个精神抖擞。和山脚下的同类比，它们多了些灵气，是不会说话的生灵；和人类相比，没有常见的生疏感，一见如故。在这里，我真正体会到了人和万物亲密无间的感觉。

金鸡菊亭亭玉立在道路两边，毫不矫情地敞开自己的胸怀，金色的花蕊被一片片金黄色的花瓣所簇拥，光彩夺目。旁边的构树，怕我没看到，心急火燎地将头探到路中间，我路过的时候，轻轻扯着我的裤腿，仿佛在说："快来看看，瞧，金鸡菊多美啊！"

是的，多美啊！我由衷地发出感叹。

我不再埋着头光顾赶路了，而是边走边和旁边的伙伴用特殊的语言——表情、动作或声音——来交谈。这不，长得像芦苇的白茅，那股黏糊热情劲儿真让人受不了，稍不注意就钻进裤腿里，怎么拍也拍不掉，看来是准备和我一起回家了。

还有调皮的一年蓬，个头虽然不高，但是仪式感十足。为了欢迎客人，头顶着一个圆盘——中间放着最贵重的金色的礼物，无数只小手伸出来，托着盘子，仿佛客人不收下，他们就不放手。

最不起眼的是一种叫小窃衣的植物，就像繁星点点，白的、紫的，点缀在草丛里，不注意的话，还真发现不了。她没有站在舞台中间，但是为这个世界增加了一抹亮色。

对于不怀好意者，也有专门的卫士。我注意到道路两旁时不时出现一些芒草混杂在树丛里。他那剑般的叶子，闪着冷峻的光，如果伸手去摘旁边的花朵，没注意到他的话，很有可能被割手。看到高傲站着的卫士，我心中由衷地竖起了大拇指。

越往上走，空气越清新，我大口呼吸着。落叶渐渐覆盖了台阶，走在上面，发出轻微的嘎吱声，树丛里不时有小鸟惊起，它们拍着翅膀，一下子飞起来，又落在不远的前方，我不知道是我惊动了它们，还是它们故意和我玩起了捉迷藏。

我认识了一个又一个新的朋友，边走边和他们打着招呼。虽然后背已经完全湿透了，但也没有了前期的劳累。只是隐隐觉得，有股热气由内往外散发，身子像一个快蒸熟的馒头，变得越来越软了。

终于，我踏上了最后一级台阶。我都不相信已经登到山顶了，怎么这么快啊？压抑已久的疲劳感潮水般袭来，我的双腿一下子软了，踉跄着几乎摔倒，我扶着亭子的柱子，身子坍塌在旁边的长凳上。我慢慢地闭上了眼睛。意想不到的

• 野菊花

是，就在此刻，一首节奏缓慢的交响乐竟然轻轻在耳畔响起。

树叶的沙沙声，野果子落地的声音，树枝折断的声音，鸟儿叽喳聊天的声音，拍翅膀的声音……各种声音，应有尽有，有的仿佛来自天上，有的仿佛来自地底下，由远及近，由近及远，飘飘荡荡，充斥在周围。

我猝不及防，从里到外被这些旋律所裹挟，脑子一下子凝固住了，身子仿佛也失去了控制，变得越来越轻，越来越轻，终于渐渐从地上升起，飘啊飘，飘到了那些树木、岩石、花草、飞鸟、虫子的身边……

不知不觉一个多小时过去了，到了下山的时刻。我睁开眼睛，身心前所未有的轻松。下山的时候，我下意识地放慢了脚步，道路两旁的小伙伴们，都纷纷探出头来，仿佛在打着招呼："慢走，下次再来啊！"

"好啊……好啊……"我用眼神回应着。下次相逢时我们都成了老朋友，老朋友哪有不再相见的道理呢？

今夜景如画

一觉醒来,不知今夕是何年。我睁开眼睛,本能地朝露台望去——一个全新的、从未见过的世界赫然出现在面前。这是怎样的一个世界啊,如此清新,如此亲切,如此勾魂摄魄!

分明是一幅画,一幅栩栩如生、活灵活现的立体画——令人震撼、惊讶、咋舌。万籁俱寂,我屏住气息,静静地谛视。在犬牙交错的树枝缝隙露出淡蓝色的天空,看起来是那么远,又是那么近,就像一块刚刚从染缸捞出来的幕布,还带着淡淡的馨香。上面缀着的一朵朵白云,像顽童们堆起的雪堆,什么样儿的造型都有,侧卧的大象、驰骋的骏马、逶迤的山脉、汹涌的波涛……

那些平日再熟悉不过的邻居,此刻争先恐后涌到面前。最前面的是那棵树冠如华盖,枝条葳蕤的荷花玉兰,虽然已过了口吐芬芳的季节,然而今夜竟是如此的精神抖擞,她就立在窗前,神采奕奕,那一簇簇墨绿的树叶仿佛是无数双眼睛,一眨不眨、满脸亲切地俯看着卧在床上的我,问道:"你还好吧?"

- 野菊花

　　手挽手、肩并肩依偎在旁边的是那棵红叶玉兰，矮了半个头儿，但同样是伸直了脖子往露台凑，哪里有热闹都少不了她。还有被挤到一边只露出半个身子的桂花树，我躺在床上只能看到她的头顶，密密麻麻向上伸展的树枝就像一双双小手，在向我打着招呼。树枝上那一串串花序，已经掉得差不多，残留的也早已枯萎变色，但还是顽强地发出一阵阵香味，为这个美好的世界贡献一份力量。

　　我眺望远处，那棵笔管条直的银杏树，还在那里静静待着。那些光秃秃的枝丫，全部变黄、部分变黄或者只是边缘变黄的树叶，是和宿命斗争留下的伤痕吗？我从那有些混沌的轮廓，能隐隐感觉到一股跳动着的、无形的力，它透着生命的光芒和无以名状的美。

　　正对着床头的白墙，不知何时也变成了画板。露台的栏杆被月光斜投到墙上，像是整个挪了窝儿，桂花树犹抱琵琶半遮面，羞羞答答地出现在一角，轻风拂过，她的影子在微微晃动，我的脸颊似乎也感到了丝丝凉意。

　　我扭头瞅了一下床头柜上的数字闹钟，它还在不紧不慢地闪烁着——已经是凌晨两点了，我侧耳细听，真静啊，是不是所有的生灵都进入了梦乡啊？就像我的曩日一般。

　　倏然我觉得身子轻轻飘了起来，慢慢地离开了床榻，离开了房子，越飞越高，越飞越远，恍惚间我仿佛穿越到了九百多年前的承天寺，那个明月清风的夜晚，我来到了那个风流倜傥的居士身边，我们一边欣赏着树影婆娑，一边仰天长叹：何夜无月？何处无竹柏？但少闲人如吾两人者耳！

• 野菊花

桂花开了

今年的秋天来得晚，也来得突然。昨天还赤日炎炎，今天就秋风瑟瑟了。

哪怕到了农历九月，秋天仍像一只躲在暗处的怪兽，耐心地在等着机会，就是不肯露面。好几次，一连酷热几天后，接着一场雨，气温马上降了下来，正当人们以为换季了，翻出箱底的长衫、秋裤的时候，气温又嗖嗖升了起来，人们只得又穿上短袖、短裤，继续沐浴在夏日的余晖里。如此反复多次，等到人们的神经麻痹了，最终失去了警惕的时候，秋天这只怪兽一跃而起，以迅雷不及掩耳之势征服了整个世界。

瞧，还是我厉害吧？秋风、秋雨就像秋的两只手在天地间肆虐着，万物无不打上秋的烙印。小区房屋周围、广场四周、道路两侧的树木无不在秋的示威下，低下了高傲的头颅。枝条上几天前还青翠欲滴的绿叶，一下子蔫了，要不变了颜色，要不乖乖地卷起了边儿，还有抵抗力差的，直接掉到了地上。地上一下子到处都是绿的、黄的、灰的树叶，随风起舞。高高的白杨树，最上面的枝条叶子掉光了，露出光秃秃的脑袋，中间的枝条虽残留着零星的黄叶，但是战战兢兢的，随时准备坠入大地的怀抱。无论是大片的草地，还是房前屋后的绿化带,那些葱茏的青草已经失去了往日的活力,颜色灰了、黄了,腰也弯了下来。

气温一下子直降十几摄氏度,让人们顿时失去了方寸,有的人穿着汗衫短裤,有的人穿起了套头带绒卫衣,还有个别的人穿起了羽绒服,看起来谁都对,又谁都不对。人们惊慌失措地瞧着彼此的窘态,哭笑不得。

日光对秋天也产生了怯意,早早选择了躲避,不到晚上六点,天已经黑下来。此刻人们才真正意识到秋天真的来了。于是,人们开始变得从容起来,开始调整作息时间,调整穿衣打扮,真心实意和夏天道别了。

看到人们终于识趣了,秋天很快就换了一副面孔——一副和善的面孔。这不,经过一夜的凄风苦雨后,人们打开门,猛然发现,风停了,雨停了,一个崭新的世界,让人神清气爽的世界出现在眼前。

绿色很不情愿地从舞台中间退到一旁,另一个主角神采奕奕地登场了。虽然绿色不愿意也不甘心让位,但是它再也不像以前那样耀眼夺目了。

除了蔚蓝天空上飘荡的朵朵白云,天地间最有生机和动感的风物都穿上了黄色的外套——满城尽带黄金甲,树叶变黄了,小草变黄了,沉甸甸的橘子、柚子也变成了橘黄色。

- 野菊花

高高的银杏树，披上了金光灿灿的外衣，骄傲地昂起头，一副君临天下的神情。各种菊花，百日菊、金鸡菊、勋章菊等从各个角落冒了出来，什么颜色都有，但黄色无疑是最耀眼的。

秋天不光是换了颜色，也换了味道。我站在一楼院子里，突然闻到一股甜腻腻的味道，若有若无。我用力吸了下鼻子，似乎又不见了踪影，不一会儿，一股更浓的味道更猛烈地刺激了我。我一下子清醒过来，沉睡了很久的记忆苏醒了。

没错，这是桂花的味道。它无孔不入地进入了我的五脏六腑，带着丝丝暖意。

我环顾四周想寻找源头，却猛然觉察到这股味道来自四面八方，院里院外。我发现原来一楼院子里有这么多棵桂花树。我不由自主走近它们，细细端详起来。

这些树平常低调得很，它们只是安静地散布在一些不起眼的角落里，哪怕看到它们，也会无视它们的存在，因为它们总是背景和陪衬。

其他的同类，一个个都在四周抢夺地盘，唯恐落后一步。那棵老樟树张扬霸气得很，它仗着高大的优势，在空中张牙舞爪，逼得主人忍无可忍，隔一段时间必须修剪一番；屋后的槐树，你不会想到它那么工于心计，当你只顾看着它将枝丫到处伸展的时候，它其实在地下编织密密麻麻的网，悄悄霸占地下的地盘。那些果树，从它们长出第一颗果子开始，你就不能忽视它们的存在，它们自信得很。无论是橘子、柚子、枇杷，还是枣子树，果实一天天长大，颜色也越来越艳丽，虽然它们也往四周羞羞答答地伸开臂膀，想多要点生存空间，但主人不但不气恼，反而每天恨不得给它们多浇两次水，主人那点儿小心思也不难理解，不就是期望更多的盘中餐吗？

那些桂花树安安静静地待在角落里，哪个会料到它们也有大放异彩的一天呢？这一天它们成了当仁不让的王者，你可以视而不见，但你的鼻子不会欺骗你。这些树有的高，有的低，个个枝繁叶茂，每一根枝条上都缀满了一簇簇金黄的珠子，绿叶想掩盖也掩盖不住，在绿叶的掩映下，那些桂花反而更加夺目。小鸟也喜欢它们的味道，树上聚集不少闻香而来的不速之客，它们伫立在枝头，边享受着美食，边兴奋地交头接耳。

偶尔拜访的风儿和小鸟不愧为天才的点画大师，灵感来了，轻轻晃动一下树枝，地面画布上就又被点上了几笔。一夜过去，翌日清晨你打开大门，一幅充满生命活力的图画赫然出现在面前，就像一罐不小心打翻在画布上的珍珠，光彩夺目。金黄色的色调，肆无忌惮地向四周滚动，好像没有边界，笔触所至，有的地方浓一点，有的地方淡一点，但又恰到好处。这是一幅随心所欲的印象画，阳光从斑驳的树冠里

• 野菊花

漏出来，光影在画布上面跳动，急着为这幅画描上最后的点睛之笔。

桂花掉到地上，可不是仅仅为了绘就一幅画。它不但富含各种维生素，还含有大量的钾，是一种有益健康的泡茶好原料。我不忍拂大自然的美意，于是，傍晚我在一棵大桂花树下放置了一大块塑料布，第二天一大早，塑料布摇身一变，从画布变成了收集桂花的容器。我用盐水将桂花洗净，然后放在露台风干。两天后，我将这些风干的桂花放入一个大玻璃瓶，小心翼翼地收藏起来。望着这一大瓶金灿灿的大自然的礼物，我满心欢喜。

下班后，回到家里，我第一时间打开那个玻璃瓶，用勺子舀出一小勺，放到玻璃茶杯里，缓缓倒入温水，那些金色的颗粒在水中边舒展着身子，边跳着舞，不一会儿，一股浓浓的香味缓缓从里面溢了出来。

我端着茶杯，坐在窗前的藤椅上，慢慢地啜饮着，一阵轻风拂过，窗外桂花树的叶子轻轻摇晃着，发出参差不齐的窸窣声，仿佛它们也闻到了那股熟悉的味道。

南方瑞雪的颂歌

下雪，对于南方人讲，是一种惊喜，是一种天赐但又稀有的快乐。在全球气候日渐变暖的今天，那漫天飞舞的雪花越发成了一个可遇不可求的奢侈品。

一到隆冬时节，随着气温的日益降低，孩子们就会盼星星盼月亮，盼着那位美丽的、白色的天使，能够飘然而至。在孩子们虔诚的期盼下，气温一点点往下掉。天空先是飘下来淅淅沥沥的冷雨，飘着飘着，小冰粒开始出现了，落到屋顶上、树叶上和道路上，发出清脆的声响。人们仿佛听到了天使越来越近的脚步声，但她到底什么时候降临，谁也说不准。

奇迹往往在不经意间发生。某一个清晨，当人们睡眼惺忪地打开窗户的时候，眼前突然出现一个白茫茫的世界，天空是白的，房子是白的，道路是白的，连道旁的行道树也披上了白色的棉袄，吐着热气的大小车辆，无一例外头顶着厚厚的白帽，快速从一排排白色卫士眼前驶过，小鸟受惊后从树上腾起，树枝上的积雪簌簌往下掉……好一个银装素裹的世界，人们在满心欢喜的同时，不由得不发出感叹。

孩子们一下子就冲出去了，顾不上大人们戴帽子和戴手

• 野菊花

套的叮嘱。大大小小的雪花，在空中飘飘洒洒，像是在跳舞。孩子们相互追着，在地上打着滚。雪球在空中乱飞，有的落到了地上，草丛里，有的砸在孩子们的头上、身上，溅起的雪花灌到衣领里、衣袖里，带来阵阵刺骨寒意，伴之而来的却是银铃般的笑声。三三两两的孩子，用手捧着雪，往一块儿堆。胖墩墩的身子、脑袋、一只手、两只手、一只耳朵、两只耳朵……不一会儿，一个笑容可掬的雪人就出现在面前。有人还觉得不够完美，专门找来了一顶草帽戴到它的头上……

成人也享受下雪带来的乐趣，无论是过去还是现在。不同的是，古人追求更多的是意境，今人追求更多的是刺激。

古人喜欢雪的意境，曾留下了无数有关雪的诗篇。比如柳宗元的《江雪》：孤舟蓑笠翁，独钓寒江雪，想象一下，在漫天风雪中，一个人身披蓑衣，手执鱼竿，独钓寒江雪，那是一种什么样的意境？再比如韩愈的《春雪》：白雪却嫌春色晚，故穿庭树作飞花，是不是活生生地描绘出了飞雪优美的舞姿？

中国传统文化不但对雪的美态充满溢美之词，还给它附加了很多象征意义。比如赞扬一个人品格高尚，就说他像雪一样纯洁，一尘不染；形容一个人坚强，就说他像雪中的梅花一样，不畏严寒；给人无私的帮助，就说是雪中送炭，等等。体现这种寓意的作品数不胜数。

现代人，更喜欢的是征服和挑战。有的运动达人，每到下雪季节，就跑到专门的滑雪场，去感受那冲浪般的刺激。雪板从高高的山坡上像离弦之箭般冲下来，在脚下激起的雪花像浪花一样四溅。雪板像一叶在大洋中与风浪搏击的扁舟，一会儿向左，一会儿向右，越过一个个障碍，闪电般到达山脚。滑雪，让运动达人们体验到了前所未有的运动快感。

雪给人带来无穷的乐趣，但它的影响，远远不只这些。雪对人们的日常生活而言，也益处多多。

雪能够净化空气。当今的城市，因为工业和交通带来的污染，空气里不可避免充满了各种有毒、有害物质。雪就像一把巨型的筛子，将空气过滤一遍又一遍，一场雪下来，人们会发现空气变得前所未有的清新，连感冒的情况无形中也少了很多。

瑞雪兆丰年，下雪往往意味着一个丰收之年，因此农民也非常喜欢下雪。雪能消灭附着在农作物上面的害虫，而且这种方式比喷洒农药环保得多。覆盖在农作物上的积雪，就像一床厚厚的被子，还能起到神奇的保温作用。雪成了农民的幸运天使。

又下雪了，让我们走出家门，去和这个白色的小精灵共舞吧。

• 野菊花

回不去的故乡

　　故乡是什么？对于现代人来讲，故乡是既熟悉而又陌生的地方。就我而言，近年曾回过几次老家，但每次都是来也匆匆，去也匆匆，或许是因为那些童年的记忆早已封存，因而回老家从未在思想上溅起半点水花。今年中秋节，父亲独自从城里回到了久别的老家，我便带着女儿长途跋涉去看望他，这次我想抽空带女儿四处转转，顺便看看能不能找到我童年记忆的影子。

　　经过两个多小时的高速路和省道终于到了村口。几百年过去了，游子回家面临的场景几乎从来没变过，这不，村口此刻正有几个小孩在道边玩，看到有车过来就马上喊起来："有人来了，有人来了。""儿童相见不相识，笑问客从何处来"这幅几百年前的场景又栩栩如生呈现在眼前，我不禁哑然失笑。进村后，车开得很慢，村子里人很少，一片萧索的景象。年轻人都到城里打工去了，有条件的带着小孩老人一起进城，没有条件的，就将老人和孩子留在家里，两口子出去。这样一来，村子里除了老人，就只剩下小孩和少数丧失劳动力的伤残人士了。

　　我安顿下来后，便带着女儿在村子里转悠。到处都是错落有致的新式楼房，两层三层的都有，只是大部分门户紧闭。

看来，农民有钱了就建房，这个中国千百年来的传统，直到今天也没改变。让我感慨万千的不是那些装修豪华、外观气派的新房子，而是新房背后耸立着的老宅，这些老宅因为年久失修，已经破旧不堪，不是墙塌了，就是屋顶漏了个大洞，斑驳的大门上大多挂了一个生了锈的铁锁，很多没了屋顶的老房子，里面甚至都变成了绿油油的菜地。有些老宅子只剩残垣断壁，大门两边还残留着因褪色而泛白的红色对联，让人们不禁联想起里面曾经的喧闹。我暗自琢磨，它们曾经是热闹的舞台，包括我在内的那代人不也曾经是里面的主角或配角吗？每代人只有二三十年的黄金岁月，斗转星移，你方唱罢我登场，蓦然回首，不得不承认早已换了人间。

村子中间那个小池塘还在，但是怎么变小了呢？现实和我的记忆完全不符，池塘还是原来那个池塘，难不成是我的眼界变宽了的缘故？在我的记忆中，池塘就是一个天然的游乐场和避暑场所，我和小伙伴们曾经成天泡在那里戏水。除了狗刨式，我们不会其他游泳姿势，但我们照样举行比赛，一定要分个高低。我永远是落在后面的那几位中的一个，池塘另一端怎么这么远，我每次都快精疲力竭才到达终点。白天不游泳的时候，我和小伙伴们在池塘边玩其他游戏，比如打水漂，看谁打得远，赢的就负责给大家找吃的。很多个月朗风清的晚上，一轮明月倒映在水中，随波荡漾。微风拂面，小伙伴们坐在池边的青石板上，天南海北地聊着，时不时爆出一阵阵欢声笑语。

而今站在它的旁边，如果不是亲身经历，怎么可能相信

- 野菊花

它曾经带给我和小伙伴们那么多的欢乐，就像我女儿现在压根不信这个小水塘——眼前这个沉默不语、野草丛生的水塘——有如此的神效。

不是所有的欢乐载体都能残存下来，比如村子中间的那棵老槐树。不知哪一年村民将这棵记忆中的神树砍了，现在只剩下了一个大树桩。当年这棵树是我们放学后最喜欢去的地方，这棵树高耸入云，树冠如盖。我们爬上去，躺在上面睡觉、捉迷藏、荡秋千、掏鸟窝——能干的事情太多了。我心中还藏着一个小秘密，那就是心里不痛快的时候，一个人偷偷爬上去，坐到一根比身子还粗的树枝上，独自望着远方发呆。夕阳染红了半边天，也染红了我的脸，我的心里慢慢亮堂起来。我终于放下眼前的烦心事，开始思绪翩翩，遥想自己若干年后，会身归何处，会遇到什么样的人，会经历什么样的事。我想当年再有想象力，也想不到现在的样子吧？

在家闲聊的时候，父亲和我提到我儿时的一个小伙伴回家了。那个小伙伴是我当年最好的朋友，我们当时成天腻在一起干大人眼中的坏事、淘气事，比如到邻村西瓜地里偷个西瓜，到鱼塘里摸个鱼，等等。他家家境比较贫困，上完小学就没有继续上学了，而我从高中开始寄宿，再以后就离开家乡，两人基本上再也没有见过面了。听父亲讲，他现在是泥水匠，儿子也已结婚，日子过得不算太差。

于是我拎了一盒点心想去看看他。路上遇到几个驼着背、衰老的老人,他们像木偶般一动不动坐在自家房门口,浑浊无神的两眼,直直地望着村口的方向,像在等着什么。

"回来啦?"

"回来了。"我边走边应答着,心里猜着他们是否真的还记得我。

七弯八拐,终于找到了曾经的小伙伴的新家。土坯老房子就在旁边,已经垮得差不多了,门口两个石墩还在,长满了青苔,我们当年就是一边一个盘腿坐在上面,聊着各自开心的事,谈着谈着两个人哈哈大笑。我记得当年为了便于联系对方,我们甚至还制作了一个手工电话,因为两家的房子离得不远。就用一根长绳子从我卧室通过一棵树牵到他的卧室,一端系一个响铃,找对方的时候就拉一下绳子,对方的铃就会响。以为我们的友谊会一直这样下去,没想到,还没成年就已经各奔东西。

我刚走到门口,发现那个小伙伴正准备出门。虽然光阴荏苒,岁月在他的脸上刻上了一道道的沧桑,但是我还是一眼将他认出来了。

"什么时候回来的?"他一见我就毫不迟疑地打了招呼,显然也一眼认出我来,"今天回来的。"

他一边引我进门,一边责怪我回来也不先打个招呼,家里也没什么招待,我说:"别客气,别客气。"然后他又说家里连喝的水都没有,急着要去村口小卖部买两瓶矿泉水。

"别这样,别这样,我就是过来看看。"见状,我忙拦

• 野菊花

住他。

"老婆和孩子呢?"我接着问。

"到县城帮忙看孩子去了。我有空就在家里打点零工,接点活,你呢?在城里过得怎么样?"

"还好,不过家家都有本难念的经。"

说完以后就是长时间的沉默,我不知道该说什么,该问什么。他呢,更显得手足无措,甚至忘了招呼我坐下。我突然明白,我们之间存在着深不可测的鸿沟。这么多年过去,我对他来讲已经成了一个陌生人,那些童年残存的记忆早已随风而逝,他不再是当年的他,我也不再是当年的我了。

我又寒暄了两句,坐都没坐像逃似的离开了他的家,在回来的路上遇到几个叽叽喳喳的少年,他们见到我,忙闪到路边,一边打量着我,一边窃窃私语。我知道,对于他们来讲,我早已不是这里的人了,我只是一个客人,一个来了马上就要离开的客人。

车子在回程的路上飞驰,女儿问我此行有什么收获,我无言以对,无论我愿不愿意,故乡也许已经成了我想回也回不去的地方。

憾事三件

人生在世，一定会有很多遗憾，我也不例外。就我而言，心中的憾事有的是之后有时间，却没机会了，还有的是之后有时间，也有机会，但却没有了最初的兴致。

能钓鱼的小车

十年前有段时间，只要有空，我就忙乎着一件事——找一部心爱的小车做代步工具。除了工作、吃饭和睡觉，我将几乎所有空余时间花在找车上了，要不在汽车市场里溜达，要不泡在汽车论坛里看各种车的资讯。一个星期又一个星期过去，还是没有碰到让我怦然心动的对象。

有一个周末，我逛到了一家汽车店，这是一家法国雷诺4S店。里面人很少，我一进门，一位销售代表就殷勤地迎上了我。他一边絮絮讲述法国车的好处，一边带着我在展厅内转悠。法国车属于小众车，国内路上很少见，造型比较特殊、大胆，我猜看上这种车的人应该都很有个性。在销售代表的引导下，我实地察看了好几辆样车，很遗憾，这些车除了别出心裁的造型，并没有太多的亮点打动我。

我失望地往门外走，还没到门口，"等等——等等——"

• 野菊花

销售代表从后面追了上来。

"等等,等等,还有辆车没看呢,看完这辆车你一定会喜欢!"

"是吗?"我漫不经心地问,脚步却没有停下来。

"真的,你一定要去看看。"销售代表员见我还往前走,干脆跑到我面前伸手拦住了我。

"那你说说看,它到底有什么特点,那么肯定一定能打动我?"我终于停住脚步。

"那是一部能够坐着钓鱼的车!"

"什么?"我一下来了兴趣,"能钓鱼的车?"这还是第一次听说,不会是厂家的噱头吧?最后我还是决定跟着他去看看。

车子摆在展厅的一个角落,据说是昨天下午才到。这是一辆黑色的城市越野车,看起来高大帅气,车的配置也不错,该有的都有,四轮驱动、全景天窗、智能灯光……一应俱全,但是这还不足以打动我。销售代表按了一下钥匙,后备厢徐徐开启,小伙子没等它完全打开,就上前放下了后挡板。

我的眼睛一下子亮了,挡板竟然和后备厢地板几乎无缝地连在了一起!小伙子一侧身,轻轻一跃,稳稳地坐了上去,然后夸张地做了一个持鱼竿钓鱼的动作。

"怎么样?没骗你吧?"

我脑子一下子出现了一个画面:郊外,满眼绿色,一幅人、车、天地合一的景象。车子停在鱼肥草美的水边,人坐在后车厢里，悠闲地跷着二郎腿，一旁放着灌满了枸杞水的保温杯，左手一根细鱼竿，右手一本只有头三页起皱的爱书，长长的渔线一头扎进水里，鱼儿围着诱饵团团转，比拼着耐心。

烈日晒不着，大雨淋不湿，累了直接躺平……

一幅多美的画面！

就它了，我不再犹豫。就这样结束了两个月的选车生涯，我将这辆车提回了家。

这部车确实没让我失望，陪我走过了无数个黎明和黑夜，无论是刮风还是下雨，下雪还是落霜，它都出色地完成了它的使命。坐在里面，我会觉得既安全又安心。

一晃十年过去了，由于各种原因，不得不到了分手的时候。遗憾的是，这辆车子各项功能都出色地发挥了作用，唯独当初那个吸引我买车的钓鱼功能没用上，那个美妙的钓鱼画面一直停留在想象中。不是有心情没时间，就是有时间没心情，反正从来没用它钓过鱼。每次未成行的时候，我总会安慰自己，以后会有机会的，后面确实也有机会，只是没想到最终的分手来得如此突然。

讽刺的是，买家看上这部车的原因和十年前我的想法一模一样，不知道这台车在他的手里，又会有怎样的故事。

• 野菊花

没再回去的鼋头渚

刚大学毕业那会儿，有次到江苏无锡出差。忙碌了一个多星期，最后一天买了下午回程的火车票。听说太湖的鼋头渚是无锡的一个著名景点，上午没有重要事情，正好可以去游览一番。于是，我便早早从旅店退了房。

景区离市区有点儿远，坐公交车颠簸了近两个小时。后来的遭遇证明这番辛苦是值得的。

早就听说过太湖美，但亲临其境，还是被狠狠震撼了。这哪是内湖，烟波浩渺，无边无际，不似大海却胜似大海。白云悠悠，碧水连天，置身其中，我仿佛置身仙境，随着体内的浊气荡涤一空，内心一下子变得空明澄澈。我边走边看，不一会儿到了一处天然水湾。

一条蜿蜒曲折的长堤横卧在水面上，像一条卧龙。中间有一座单孔石拱桥，就像隆起的龙脊。近处碧波荡漾，远处山影重重，偶尔三两扁舟现身湖面，从石拱桥下穿梭，为画面平添了无限生机。好一幅江南山水画！

那天，天气有些阴冷，人不多。我踏上了长堤。走着走着，湖风渐起，水面上开始荡起微波，湖水轻拍堤岸。几只白色的鸟儿在湖面上空盘旋着，时而向湖面俯冲，时而又迅速跃起。然而没等我走几步，情况突然发生了变化。

突然，风大了起来，湖面失去了平静，鸟儿已不见踪影。波涛像是被人推着，由远及近，呼啸而至，然后，重重地击打在岸上，力度一次比一次强烈。溅起的水花在空中漫天飞舞，簌簌落下。

我被眼前的景象惊呆了，这哪是水花，分明是飞雪。没想到，我那么幸运，遇到了"万浪卷雪"的壮观场景。头发、衣服、鞋子统统都被打湿了，但我毫不在意。我兴奋地在漫天飞雪中穿行，耳边充斥着哗哗声。大自然的神奇一下子征服了我，除了排山倒海的力量，还有眼前那让人窒息的美。

我站在巨浪桥上，只见惊涛拍岸，漫天飞雪，我深深陶醉其中，忘记了时间的流逝。

然而，美好的时光总是那么短暂，时近中午，我知道我必须回去了。但是眼前的美景，让我实在挪不动脚步。我让自己再待五分钟，再待五分钟……直到最后，我告诉自己，真的必须走了，这才向远处的公交站跑去。

我边跑边在心里发誓，一定要再回来，再回来！

转眼三十年快过去了。我最终未能再去，哪怕有几次从

• 野菊花

无锡路过，也没有特意下车。如今，当初的美景在我的脑海里已渐渐变得模糊。我甚至怀疑鼋头渚真的有那么美吗，是不是自己不自觉将它美化了，就像苏轼眼中的"庐山烟雨浙江潮"那般。

唯一忘不掉的是当初立下的誓言，那个边跑边在心中立下的"有一天我要回来"的誓言。

母亲的心愿

母亲是一位普通的农村妇女，她这辈子去过最远的地方就是县城。当年我考上东北的大学，她听说那里冰天雪地，于是整个暑假都在给我缝制被子、棉袄和鞋子。在缝制棉被的时候，她硬生生塞进去正常被子两倍多的棉花。结果军训的时候，教官要求每个人把被子叠成"豆腐块"，因为我的被子不达标，我所在的寝室屡屡被扣分。万般无奈下，寝室长向教官申诉我的被子太厚，确实达不到标准。教官不信，亲自到我们寝室，忙乎半天后，还是败下阵来。临走时，教官对我说，拳拳慈母心，你小子以后要对得起你的母亲，他的话一下子化解了我因此事对母亲的抱怨。

很早就知道，母亲是这个世上唯一真心为我自豪的人。每年放假的时候，学校都会把各种成绩单和荣誉证书寄到家里来。母亲一收到儿子的成绩单，就会迫不及待地到邻居家炫耀。

第三部分：带你看世界

"这孩子啊，也不知道怎么了，大学包分配，不让他那么拼命，他非要，你看这不又得了荣誉证书，还有奖品，这些有什么用呢？将来分配个好工作不就得了？"话是那么说，但表情分明透露着浓浓的凡尔赛味道。

每次上学或假期回家，都会路过北京，因此有机会去故宫、长城和颐和园等景点逛一逛。我知道，对母亲这个普通农村妇女而言，北京这座城市不仅仅是首都，也是心目中的一个圣地。因此，我回家后一般会给母亲讲述我所见到的风景。每次讲完，我都能感觉到她眼中闪烁的光芒。

终于熬到毕业了，我也有了工资，我兴奋地将第一个月的工资全部寄回了家。那年夏天，我回到家里，母亲在灶台边忙活，我坐在灶前的小板凳上。一边往灶膛里塞柴火，一边和母亲唠嗑。母亲突然冷不丁来了一句："三娃子，你能带我到北京去看看吗？"听到母亲的话，我一下子愣住了。心想我刚毕业，还没有完全立住脚，工资也不高，现在带母亲去估计也玩不好。于是，我小心翼翼地说：

"妈妈，要不你再等我一两年吧，等我站稳脚跟，我一定带你去，到时你想待多久就待多久。"

母亲眼中热切的光芒一下子暗淡下来，她强作欢颜地说："别介意，我也只是说说而已。听你说北京那么好，我是想有一天去看看，看看毛主席纪念堂，看看故宫和长城。你现在忙，等你不忙了再说吧。"

225

- 野菊花

　　我明显看出了母亲的失望，但仍然没有改变自己的主意，心想以后一定会有机会的，不急。当时的我浑然不知，一年以后我要为这个决定内疚多久，折磨自己多久。

　　如果我当时敏感一点，我本该发现，从来不愿意麻烦孩子的母亲怎么会向我提出这样一个要求，一个可能给我造成困惑的要求？唯一的可能是，她心中已经隐隐知道留给自己的时间已经不多了，而我却残忍地拒绝了她。

　　一年后，母亲永远地离开了我，而我甚至没来得及见她最后一面。很多年后，有天我开车经过一个路口，等红灯的时候，我看见一个五十岁左右的农村妇女，一头花白的头发，步履蹒跚地走在斑马线上，远远看去，身影、走路姿态和记忆中的母亲一模一样。我内心猛地战栗了一下，想都没想就将车子停到了路边，眼睛一刻不停地盯着那个妇女的背影，生怕她突然消失。我甚至一度想追上她，到她面前瞧个究竟，可我挪不动脚步，我知道她不是我的母亲。我一动不动地待在车里，内心波涛汹涌。我目不转睛，任由那个背影变得越来越模糊，最后完全淹没在人头攒动的人流中。

　　有些事情，错过，就永远错过了。

少年的快乐

这是一个冬天的周末,好像有点不太平常,我竟然鬼使神差地战胜了暖被窝的诱惑,六点不到就起床了。为了让这次难得的早起更有意义,我决定到离家不远、新建成的绿道上去体验一下运动健将的滋味,于是我穿上了久违的运动服。

天公好像故意看我笑话,这不,一打开家门,我的心就不由自主地沉了下来。和我阳光灿烂的心情形成强烈对比的是:外面的一切都是灰色的,树木是灰色的,道路是灰色的,天空也是灰色的,更让人沮丧的是钻到衣服里的空气是湿漉漉的,寒冷刺骨,我不禁打了一个寒战。看这样子,说不定人没到绿道,雨就下起来了。还要继续出去吗?我站在门口,犹豫再三,最终还是返身取了把伞,万一天公没那么绝情呢?就算真的下起了雨,我就尝尝雨中散步的滋味吧。

绿道位于城市的东郊,不到半个小时,我就到了。一下车,我就感觉换了一个世界。虽然天空更阴暗了,但是眼前的山山水水,还是让我的心情舒缓了不少。绿道有两米多宽,中间铺着乌黑的沥青,两侧镶着高低不平的、由绿草和鲜花编织成的、十几厘米宽的花边。绿道像一条正在飞舞的绸带,一路向上盘旋着,紧紧缠绕在逶迤起伏的山腰间。这一路上

• 野菊花

同行者很少，估计都是被这个天气拦住了吧。我迫不及待地拉开架势，沿着缓缓上升的道路跑起来。只可惜，没跑两步，就感觉上气不接下气。我不得不张开嘴巴，大口大口地呼吸。双腿也好不到哪里去，仿若灌了铅一样。每向前迈一步，就要使出全身的力气。没多久，我就跑不动了，识时务者为俊杰，我将节奏放慢下来。先热热身吧，我安慰自己。凡事有得就有失，脚步放缓，我就有时间环顾道路两旁，很快四周的景色就吸引了我的注意力。

虽然是初冬，但郊外的景色也没那么无趣，逶迤的群山，葱郁的草地，雾蒙蒙的天空，好似一幅天然的水墨画。绿道旁边出现了一条小水沟，哗啦啦的声音，在旷野里回荡，为这幅画平添了些许生机。我置身其中，心旷神怡，身子也渐渐恢复了气力，我加快了步伐。

天幕终于兜不住了，密密麻麻的雨滴像从一个巨型筛子挣脱出来似的，争先恐后地涌向广袤的大地。我庆幸自己有先见之明，带了一把雨伞，但不免还是有点失落，看来这次健身计划彻底泡汤了。我撑开伞，继续往前走，路上一个人影都见不着。

突然，一阵欢笑声隐约传到我的耳畔，我怀疑听错了，往四周瞧了瞧，没人。再往远处眺望，除了飘飘洒洒的细雨，什么也看不到。我继续往前走，笑声又传了过来，断断续续的，在空中回荡。是谁啊，下雨天做什么能这么开心？我不禁有些疑惑。

拐过一道弯,一个健身区赫然入目。前方绿道的右侧,一块洼地被修理得平平整整,上面摆满了健身器材,最醒目的是两个乒乓球台。两个十四五岁的少年正在挥拍。

雨下得越来越大,看得出他们的头发、衣服都湿了,但这丝毫没有影响他们的兴致。雨水混杂着汗水,顺着他们的脸庞往下淌,笑容就像一朵莲花似的,在他们脸上开放。球台上方,一个小小的白球上下翻飞着,像一个白色的精灵在跳舞。每打一个好球,两个人禁不住哈哈大笑,银铃般的笑声,传得很远,很远。

原来是他们发出的笑声!他们玩得好开心。难道他们不担心雨水打湿衣服吗?不担心感冒吗?不担心回去挨大人骂吗?望着眼前这两个欢快雀跃的少年,一大堆为什么不由得在我脑海里闪现。不过奇怪的是,我并没有觉得这两个少年不守规矩,太淘气了。

少年时期的我,做过的成人眼中缺心眼的事情还少吗?不也曾顶着烈日学骑自行车吗?不也曾冒着掉下来的危险在树上玩捉迷藏吗?不也在午休的时间,偷偷去校外的水库游泳吗?不也曾在伸手不见五指的晚上去捉鳝鱼吗……

那种快乐,打破规矩的快乐,是多么酣畅淋漓!就算

- 野菊花

事后挨大人呵斥,那又如何?重要的是当时,我真的好开心……

  我撑着伞,伫立在雨中,一动不动。眼前的场景,仿佛让我又回到了久别的少年时光。

第三部分：带你看世界

等咱有了钱

有段年少时的经历，终生难忘。

那年十岁出头的样子，有天我和母亲一起到附近镇上赶集。走在街道上，只见两旁各式摊点，一个接一个，琳琅满目，好不热闹。

路过一个小吃摊的时候，我挪不动脚了。

一个个白色、软绵绵的面团，像是有血有肉的精灵，正在进行一场庄严而又活泼的入世仪。它们在油锅里翻滚着，跳跃着，一会儿潜入锅底，一会儿冒出头，眨眼间变戏法似的换上了金灿灿、黄澄澄的外衣，捞出来的精灵，更是诱人。颜色鲜艳欲滴不说，那甜腻腻的味道在四周飘荡，钻入人的五脏六腑，我的口水不知不觉往下淌。母亲看到像是丢了魂的我，叹了口气，从口袋里小心翼翼地摸出两块钱，塞到我手上，就自个忙去了……

不一会儿，她回到老地方，惊奇地发现，我仍站在摊前，仍是一副垂涎欲滴的样子，只不过手中多了本薄薄的《少年文艺》——原来我攥着那来之不易的两块钱，踌躇再三，最终跑到旁边的书店，将它换成了心仪已久的故事书！

鱼和熊掌不能兼得，我忍痛放弃了口腹之欲，而选择了精神食粮。

231

- 野菊花

　　后来,读高中了,因为学校离家远,我选择寄宿。每个星期天,我要步行十几里路上学,沿途都是田野和村庄。

　　初春的一个下午,天高云淡,绿油油的原野上,风吹草低,红的、黄的、蓝色的野花仿佛一颗颗钻石,发出耀眼的光芒,若有若无的清香,随风飘来,沁人心脾。清冽的溪流欢快地、随心所欲地流淌着,潺潺的流水声就像一首首悦耳的乡谣,回荡在广阔无垠的大地上。

　　几个活力四射的少年,边走边热烈地交谈着,手舞足蹈,唾液四溅。走过之处,不时有栖息的小鸟的惊起。

　　我清楚地记得,不知谁提起了"等咱有了钱"的话题。几个人各抒己见,争得面红耳赤。有人说要买辆见过的最贵的车子,也有人说要买套带院子的大房子,还有人说要去地球的另一端长见识……形成鲜明对照的是,我支支吾吾,不肯明言,最后被同伴逼急了,才扭扭捏捏地说出来,不出所料,还没等说完,就被哄笑声打断……

　　许多年过去,某日,几个旧日同伴难得聚在一起。推杯换盏中,大家回忆起那些年少岁月,感慨万千。看得出来,每个人对现状都心满意足。大家兴高采烈地交谈着,我坐在一旁,偶尔咧嘴笑笑,很少插话,我对现状谈不上满意,也谈不上不满意,所以干脆不吱声。

　　一天,我在家里整理藏书的时候,竟然发现多达几十本书买重了。毛姆的《人性的枷锁》两本,达利欧的《原则》两本,费孝通的《乡土中国》两本,叔本华的《人生的智慧》

两本,泰戈尔的《新月集》两本、茨威格的《昨日的世界》两本……

我有些困惑,怎么会发生这种低级错误?尽管我找了好多由头,但却始终未能说服自己,只好将它们随意堆在房间一角。

过了些日子,我再次抽空在书房里整理书架,又看到了那些书。巧的是,敞开的窗户外,由远及近飘来一阵阵童声:

等咱有了钱,豆浆一次买两碗,喝一碗,倒一碗;
等咱有了钱,袜子一次买两双,脚上穿一双,手上戴一双;
等咱有了钱,电话一次买两部,一部用来听,一部用来说;
等咱有了钱,买车一次买两辆,前面开一辆,后面拖一辆。
……
伴随着童声,初春的下午,绿油油的原野,意气风发的少年……突然浮现在脑海里,栩栩如生,还有那个早就被忘到爪哇国的、曾经被当成笑料的梦想:
等咱有了钱,买书一次买两本,左手一本,右手一本!

• 野菊花

迎财神

正月初五。迎财神的日子。

天刚刚露出一线鱼肚白,我就一骨碌爬了起来。高领衣,绒线帽,捂严实后往湖边走去。走在湖边的人行道上,隔着右边车道向湖面眺望,只见波光粼粼,从湖面吹过来的冷风,围着身子找缝钻,我不由得缩起了脖子。环顾四周,除了啁啾的鸟叫声,再无杂音。我边搓着双手,边思忖财神爷不会也睡懒觉吧。

突然,身后响起了"嗒嗒"的脚步声。我回头,只见一位老者正疾步走过来。老者头发稀少,面孔清癯消瘦,身材颀长,像风一样飘过来。老头慈眉善目,浑身散发着精神气儿。

忽然一辆自行车猝然而至。自行车本身没什么稀奇的,稀奇的是上面的人是半躺着的,就像康复大厅按摩椅上做理疗的人似的,双眼望天,两条腿一起一伏,飞快地画着圆圈。车子一晃而过,我和老者目不转睛盯着车子的背影,看着它像一道黑色闪电消失在湖岸的拐弯处,只留下两旁的树枝在风中摇曳。

"这样不安全。"我先开了口。

"没错儿。"老头接过话茬。

"我最讨厌这种不要命的人了。"

"没错儿。"老者扬起眉毛瞅了我一眼,右手把玩着一个翡翠如意,心形顶端亮晶晶的。

忽然,前面车道上一步一顿驶过来一辆白色的绿牌照的轿车,忽而向左,忽而向右,像一个失去方向感的醉汉,摇摇晃晃向湖里冲过去。

"快停下,快停下!"我的心一下子跳到嗓子眼里,大声呼喊着。

车子终于在离湖边不到一米的地方停了下来,

我和老者不约而同地跑了过去。走到车旁,才发现驾驶室里面没人,正疑惑间,车尾探出一个头来——原来是一个三十岁左右的小伙子。

"谢谢,谢谢!"小伙子瞅着差点掉到湖里的车子,连声向我们道谢。

"没电了?"我问道。

"唉,别提了,没想到只差几十米就'趴窝'了。"小伙子一脸的无奈。

"那也要注意安全啊!"

我望了一眼老头,只见他微微点了一下头。我示意小伙子将方向盘调正,然后三个人将手搭在后备厢的后盖上,一,二,三,车子终于动了起来,我们很快就将车推到了一个空

• 野菊花

车位旁。

车子停稳后,小伙子跑到前面,打开驾驶室的车门,再次将方向盘调到左侧,打死。然后我们又撅起屁股,嘿哟嘿哟起来。有个小坎横在前面,前轮刚爬上去,就又滑了下来,一,二,三,好不容易再推上去,又滑了下来……

怎么也上不去。大伙儿只好停下来先喘口气。晨曦渐渐散去,四周的景色越来越清晰。一只鸟儿贴着湖面轻快地掠过,激起一道道涟漪,间或,有鱼儿跃出水面,露出白色的肚皮后又一个倒栽葱扎进了水里。道路两旁的石楠树冒出一片片嫩叶,似乎迫不及待地想要迎接春天的到来。我环顾四周,仍然不见一个人影。正在沮丧之时,身后响起"嘎吱"的刹车声。

我回头一看,是一辆出租车,车窗玻璃慢慢摇下,一个光秃秃的脑袋伸出来:

"车子没电了?"

"嗯。"我忙回答。还没等我们开口请他帮忙,车窗又摇上了,留下一句话,在空中飘荡:

"赶什么时髦——"

老头摇了头,没说话。

小伙子闻言不好意思地低下头,将手又搭到车尾。指望他人没可能了,我们再次铆足了劲。一,二,三,车子前轮被推上了坎,还没停稳,车身又开始往后溜下来,老头忙用肩顶住车尾，见他的脸憋得通红的样子，我和小伙子赶紧有样学样——"咣当"一声，车子后轮终于也爬上坎，我们成功了！

小伙子双手作揖，千恩万谢，我和老者摆摆手，继续我们的散步。

"今天是财神日。"我没话找话。

"没错儿。"

"他会给人带来好运吧？"

"没错儿。"老头掏出裤兜里的如意，如我所料又吐出来那三个字，像复读机一样机械、漫不经心，我感觉有点尴尬。

正当我琢磨别的话题时，不知不觉走到了一个岔路口。一个向左，一个向右，他朝我挥挥手，风一样飘走了。

回到家里，女儿刚刚起床，她笑着问我："老爸起这么早是不是去见财神爷了？"

"没错儿。"我脱口而出。

- 野菊花

一个小镇的猜谜之旅

　　从小就喜欢猜谜，曾经喜欢到痴迷的程度。经常为一个谜底冥思苦想，在床上辗转反侧到深夜也无法入睡。小时候，元宵节家乡会举办灯会，其中最吸引人、最激动人心的活动就是猜灯谜。夜色朦胧，树影幢幢，一帮小孩手提灯笼，三三两两在广场上徜徉，他们一个个站在谜语纸条前抓耳挠腮的神态至今记忆犹新，回想起来不禁心潮澎湃。没想到的是，最近有机会进行了一次意外的猜谜之旅，但场所不再是小小的广场，而是一座无名小镇。

　　这事得从父亲讲起。近年来父亲年事渐高，虽身体尚安，喜欢自由，然而毕竟一人生活，多有不便。为了方便我们照顾，他还是搬到了姐姐所在的小镇。我便迫不及待找了个周末前去探望，于是开启了这么一段难忘的猜谜之旅。

　　那是一个平常得不能再平常的周末，我驾驶着那辆老爷车，一路风驰电掣，过程略下不表。出发一个多小时后，车子下了高速，接着颠簸了一会儿，就到了一个山口。越过山口，一个峻峭山谷的一角遽然出现在眼前。车子在蜿蜒的山路上转着圈，在蓝天白云的映衬下，山谷像一幅画徐徐展开。错落有致的房子顺着山坡逶迤而下，灰白色的屋顶连成一片，像山上铺下来的一大块地毯，高低不平地起伏着，直至谷底。地毯也没那么单调，只见上面镶嵌着无数条绿色的、不规则的花纹，弯弯曲曲，七拐八绕，消失在看不见的远处。

不一会儿，车子就到了山脚下。城区里道路不宽，大部分双车道，看不到高楼大厦，只有星罗棋布的五六层的红砖房，房子外墙都被刷上了明亮的黄色、红色、灰色、白色，等等。虽说一看就知道有些年头了，但是干净、整洁。道路两旁枝条葳蕤、蓊郁葱葱的行道树——大部分是樟树、栾树和槐树——一棵接一棵，生机勃勃，随风摇曳，似乎在和行人热情地打招呼。人行道上只有三三两两的行人，三五成群，有说有笑的，很少有落单的。

马路靠人行道一侧专门用白线画出了一个个的停车位，虽然路上车不多，但车位很少有空着的，看来和大城市一样，车位任何时候都是紧俏品，还没到目的地，我的眼睛就开始往边上扫视，不负我望，终于在离家几百米的地方找到了一个空位，我设法将车子塞了进去。我往四周瞟了瞟，没看到收费员。至于收费员什么时候出现，收多少钱，依过往经验，这压根儿无须司机操心，这次会不会有意外呢？

我想，这算是来这里后留给我自己，也是留给你的第一道谜吧。

我锁好车，便沿着一条坡路向下面踱去。人行道也不算宽，两个人勉强并行，上面铺着大量的青砖和少量装饰性的

• 野菊花

红砖，洁净，素雅。走在道上，微风拂面，人格外神清气爽，脚步似乎也轻快了许多。从下车那一刻起，我就宛若进入了一个岑寂的世界，一个与我平常的环境完全不同的世界。耳膜好像放了一个假，难得的轻松。没有了汽车的喇叭声、小贩的叫卖声、店铺音响的鬼哭狼嚎声、工地电钻的突突声……连那种捂住耳朵也逃不掉的深沉的背景噪声好像也一下子消失了。沿途店铺鳞次栉比，店门大开，连招揽生意的店员都是轻言细语，仿佛是和熟人见面打招呼似的。路上也会碰到一两个行人，他们用的是方言，轻快、温婉、柔和，我从他们身旁走过，不但能听到那些愉快的话语，更能看到他们脸上洋溢着的祥和和惬意。置身这个环境，心一下子就静了下来，咚咚的心跳声清晰可听。

看望父亲得带点礼物，最起码得买点水果吧。我还没来得及向路人询问附近超市的位置，无意中瞥见两座房子之间的胡同里，摆着一个水果摊，苹果、梨子、橘子、香蕉、火龙果……琳琅满目，各种水果应有尽有。摊主是一位五十多岁的妇女，衣着整洁，一头黑黑的头发挽到脑后，扎了个发髻，显得格外精神。她见我走近，忙迎上前，用手比画着让我挑选——原来是个语言障碍者啊，我心想。看着这些新鲜欲滴的水果，我爱不释手，很快挑了满满两大袋，递给了摊主。我以为不会便宜，没想到摊主用计算器给出了一个不到两百元的数字，我很吃惊，忙问有没有搞错，她摇摇头，用手指指摊位，又摆了摆手，我明白了，水果之所以便宜，是因为没有摊位费，没有店铺费。我接着好奇地问，城管不管吗？这在武汉是不可想象的。她比画着试图回答我，我从她的表情和手势猜了个大概。那么问题来了，亲爱的看官，您能猜出城管不驱赶她的原因吗？

这是小镇的第二个谜，你试试看，实在没耐心，您可以翻到文章末尾，那里有您想要的答案。

我拎着水果，半信半疑地离开了水果摊，继续向坡下走去。每过一个路口，无论多窄的小巷，都会有红绿灯，机动车、电动车、行人都会因此受阻。不一会儿我走到了一个路口，一条很窄的机动车右转道——目测只有三四步宽——拦住了我，对面的红灯在虎视眈眈地瞪着我："小样儿，你敢过来吗？"我左右瞧了瞧，两个中学生模样的男孩在不远处老老实实地待着，我心想，又不是什么大城市，也没什么人，没必要这么守规矩吧？于是，我就迈开了我的腿，一件意想不到的事情发生了，我不得不尴尬地将身子缩了回去……

发生了什么？各位大胆猜一猜，等到后面我再揭谜底吧，反正让我这个自称见过世面、来自大城市的人颜面尽失——记住，这是第三个谜了。

很快就到达了一片居民区，目的地终于到了。我又遇到新鲜事了——头一次看到全开放式的居民区，没有大门，没有保安，四通八达，任何人都可以畅行无阻。这安全吗？有配套服务吗？会不会是老城区，没人管啊？我的心不由得

• 野菊花

揪了起来。

我边往里面走,边担心地四处张望。这片居民区有十几栋楼,都是老式的红砖楼房,外墙虽被刷白了,但有些墙面的油漆还是脱落了,斑驳的外表未能掩饰住岁月的沧桑。每栋楼只有六层高,前后的间距有几十米,沿着坡一字摆开。我惊奇地发现,每栋楼的南侧墙上有"晾晒区"的标识,顺着墙立着四五个不锈钢支架,上面晾晒着被子、床单等床上用品。楼与楼之间种满了树,蔷薇树、樟树、银杏树、桂花树,玉兰树,等等,绿荫蔽日。隔不远就放置了铁木长椅,还有石桌、石凳。依稀看到,有一些老人在石桌旁打牌,时不时发出欢笑声。

笑声让我揪着的心稍稍放松了一下。不一会儿我就找到了父亲的住处。父亲的住处离姐姐房子很近,房子不大,一居室,面对着一个圆形小广场。我绕过拐角的老馒头铺子,一眼看到了坐在门前小凳子上的父亲,他目不转睛地盯着广场上的孩子们嬉笑追逐,脸上时不时漾起笑靥。我走上前去问候父亲,详细问了一下他在这里是否习惯,他说很喜欢这里。这里的配套设施也很齐全,再说有姐姐照顾,让我不用担心。

然而,配套设施我不担心了,那小区的大门在哪里呢,安全吗?我还是放不下心。之后赶来的姐姐听说我的顾虑后,给我解释了一下,这里住的都是老邻居,出现一个生面孔会引起所有人的警惕,另外,还有强有力的硬件措施做保证,她的解释彻底消除了我的顾虑。

那么问题又来了,到底是什么硬件措施让我不再担心了呢?你能猜得出来吗?这是第四个谜,同样,答案在文章末尾,如果你没有耐心,还是可以直接翻到最后。

不一会儿,姐夫、大哥也陆续过来了,大家听说我回来看父亲,便相约过来聚一下。我迫不及待地说起小镇不一样的风景,姐姐笑着说,我这是一时的新鲜,等我住上一周,就会习惯。闻言后,我一时语塞,无以反驳。

父亲卧室少了个取暖器,大家便去附近的电器行看看。听说电器行在半山腰,我一下子就来了劲。在家的时候,还要找专门的山爬,在这里锻炼成了日常生活的一部分,看来在这里想身体不好都不行,我暗自思忖着。我们几个人一边聊着天,一边顺着坡往上爬。路很窄,路边的樟树,树冠如盖,几乎遮住了整个路面的上空。道路左侧是人行道,右侧是停车位,上面停满了车辆。沿街的楼房有四五层,一样的红色、黄色、灰色……各种颜色的外墙,粉刷个别房子的脚手架还没被拆除。房子都配有露台,透过头顶上方郁郁葱葱、犬牙交错的枝丫缝隙,可以看到露台上面摆满了大大小小的花盆,各种颜色的鲜花,深红的、浅红的、粉的、蓝的……争奇斗艳。

我们爬坡的时候,不时有人和姐姐、姐夫打招呼。我问,

• 野菊花

这些人你们都认识吗？他们笑着说，当然，十几年的老邻居了。我听后，不由得咕哝了一句，在大城市，我和邻居门对门住了七八年还没打过招呼呢。

到了电器行，我说服大家让我来购买这个取暖器，大家让步了。经过和女店员一番唇枪舌剑的讨价还价，我正要到收银台结账，姐夫突然说："慢，等他跟店长说一声，看能不能多优惠一点。"我问道："你认识店长？"他回答："不认识，不过你等着吧。"不一会儿，他将手机递给了店员。就这样我又少掏了一百多。回来的路上，我笑着问姐夫："你搭店长的人情怎么还，不会再花几百元去请他吃饭吧？"姐夫笑了，说："不会，不会。"

我相信，店长不会无缘无故搭人情，那这次优惠又是什么原因呢？这是本文的第五个谜，你能猜出来吗？

中午大家一起吃了个羊肉火锅，不消说，价格比大城市不要便宜得太多，而且味道更纯正，分量更足，我顾不得形象，撸起袖子，大快朵颐。吃完大餐，姐姐建议我回去的时候顺便带点老馒头回家，这里的馒头都是人工发酵、人工揉面的，没有添加七七八八的调料，反而让馒头别有一番味道。

我听从了姐姐的建议，回家前专门去了一下老馒头店，这个店铺就在父亲房子附近。趁老板打包的时间，我扫视了一下小店，面积很小，但干净整洁，里面没放什么家具，也放不下什么家具，靠墙放了两张长条桌，吸人眼球的是，每个桌子上放着一个花瓶，瓶里插着一束红色的、鲜艳的月季花！

吃完中饭，我就匆匆和父亲及其他家人告别，我的小镇探亲之旅就结束了。现在，让我来一一揭开谜底：

第一个谜，直到我离开，我也没看到停车收费员，后来才知道，这个小镇的马路停车位是免费的。好了，这个谜底你猜对了吗？偌大的中国你见过免费的马路停车位吗？反正我没见过，所以，很遗憾，我猜错了。

第二个谜应该比较简单吧，相信稍稍用点心就能猜到，没错，摊主是这样解释的，她指了指外面的马路，摆了摆手，然后又指了一下自己的嘴巴，我猜意思是既没妨碍交通，也没影响市容，加上自己是残疾人，所以城管没有赶她走。你猜对没？

第四个谜，社区在所有的路口及楼栋都安上了监控器，实现了全社区二十四小时无死角的实时监控，加上这儿外来人员很少，居民对陌生面孔高度敏感，所以没必要请保安。你猜对了吗？

第五个谜，姐夫解释，因为是熟人社会的缘故，基本上每个人都能打听到你是从事什么工作的，以后能不能用得

• 野菊花

着，如果用得着，什么事情都好办。因为知道姐夫在银行工作，大姐在医院工作，店长才痛快地给了优惠。

已经有人提醒我了，你忘了第三条了，没错，我是漏了第三条，不过那是故意的，这个谜底，我想了想，还是留点念想为好。你觉得猜对了，那就是对了。

最后，如果你愿意的话，还是亲自去一趟那个鄂东小镇吧，说不定会收获意外的惊喜，就像我一样。

第三部分：带你看世界

邻居王大妈

我们家对面住着一户人家，虽然是老两口，但老头一年到头见不到两次，常住的只有大妈一个人。据说儿子需要人帮着看孙子，老两口任选一个，结果儿子选了老头，这是道听途说，但我相信是真的。

大妈六十来岁，个头一米六左右。身体看上去很结实，头上白发也不多，双目炯炯有神。大妈走起路来风风火火，有几次我明明看见她就在前面，但一转眼，就在前面消失了，和佝偻着腰、步履蹒跚的老太太完全是两个风格。

大妈最大的特点还是快言快语，喜欢聊东家长西家短，谁要是不得已在路上被她碰着，没个十来分钟脱不了身。她一定会热情地拉着你的胳膊，将身边发生的事情细数个遍，这家媳妇看样子要早产，那家儿子考上大学了，还有谁家姑娘年龄大了不出嫁，她不但替姑娘着急，更替姑娘父母着急……总之，没有她不知道的事情。当然，最后她一定会顺便问你家的情况。因为这一点，看得出邻居们对她都有点避之不及。

我平时上班早出晚归，因此和王大妈交集很少。偶尔周末碰到，她问东问西，嘘寒问暖的时候，我一般是避实就虚，

• 野菊花

敷衍几句就匆匆离开。我知道王大妈心眼不坏，但我觉得她事太多。城里人都习惯各人自扫门前雪，关起门来各过各的日子，她还是习惯于乡里那一套。

前一阵子遇到了烦心事，对面又搬来一户人家，户主是两个"气宇轩昂"的年轻人，走路时都仰着头那种。他们没来多久，就开启了扰民模式。看样子要将整个房子推倒重建，要不怎么感觉瞬间成了一个大工地呢？好家伙，整天乒乒乓乓的敲打声，此起彼伏，不绝于耳。

平静的生活一下子被打破了，邻居们叫苦不迭。平时也就算了，好不容易熬到周末，盼着睡个懒觉，可每天早上不到六点，就开始闹腾了，敲打声、电锯声、吆喝声……叫人还怎么睡得着？一天，两天，一个礼拜过去了，不但没有改善的迹象，反而愈演愈烈。我实在忍无可忍，便很不好意思地去找那个女主人，委婉地提了一下意见，对方只是说"好，好，我会注意的"，结果依然如故。我完全没辙了，只好用被子捂着耳朵，暗暗祈祷他家的装修工程早点结束。

事情有了转机。一个星期天的早上，虽然早已被对面的噪声吵醒，我还是赖在床上，迟迟舍不得起来。突然，我发现噪声一下子停止了，取而代之的是高声的喧哗。这是谁呀？这么熟悉的声音。我竖起耳朵，听出来了，好像是王大妈的声音。我披衣起床，到外面一看，果然是王大妈。她正一手叉着腰，一手对着对面家的女主人大声斥责：

"你必须马上停止施工,大家好不容易盼个周末,你停两天,也耽误不了多大事,跟你说了多少次了,你就是不听。"

"你真是狗拿耗子多管闲事。物业不管,你凭什么管?你是谁啊?"

"我是这里的住户,你侵犯了大家的利益,我就要管。"

"我得到了物业的允许,谁也管不着。"

"别以为我不知道你搞定物业了。如果你继续扰民,我到街道去告,再不行到区里去告,到那时恐怕你改变房子结构的事情就不好办了,别怪我没提前跟你讲。"

怪不得对方那么嚣张,原来物业被搞定了,我心里暗暗佩服大妈的情报收集能力。

"你又没有什么休息日,装什么装?"

"我是没有,但邻居们哪个周末不想好好休息一下,他们不说,不等于没意见,大家是想让你们自觉,可你们没有这个觉悟啊!"

"邻居们有意见,他们自己会提,你凭什么代表他们?"

我一听到这句话马上就来了气,立刻上前说:"她可以代表我。"

我一出头,旁边几个邻居也纷纷上前指责那个女人,她看到这阵势,马上就蔫了,手指指着王大妈狠狠地说:"低头不见抬头见,你等着。"然后气急败坏地进了自家屋。

"好啊,我还真不怕了,我就不信你能拿我这个老婆子怎么的。"王大妈大声地答道。

- 野菊花

　　从那以后，每个周末我终于可以睡个好觉了。

　　不久，大爷回来了，还在自家院子里开辟了一个小菜园。从此，老两口从早到晚就扎在那里，忙个不停。每次路过她家院子，看见在菜地里忙碌的她，我就会挥手打招呼。而到了收获蔬菜的季节，她会挨家挨户送一两袋新鲜蔬菜，当然也包括我们家。

　　不知什么时候起，王大妈好像也变了个人似的，虽然路上见到一个熟人还是会打招呼，但是不像以前那样说个不停了。我想该不会是那个菜园子吸引了她的大部分注意力吧？说实在的，看到现在的大妈，我心里怎么隐隐地有一点失落呢？

捡破烂的赵大爷

我们邻居中有一位赵大爷，一个再普通不过的老头，我总觉得他身上藏着某种东西，隐隐发着光。

他中等个头，整日布衣素颜，除了那个肥肥圆圆的脑袋或许能给人留下点印象外，很难在他身上发现其他特别之处。出人意料的是，这样的一个人竟然是我们邻里最知名的，也是曝光率最高的人物——你可以一周不见隔壁邻居，但你不可以一日不见赵大爷。

谁也不知道赵大爷的确切年龄，外表看应该在70岁左右。老伴和他年纪相仿，两人住在一栋二层小楼里。小楼在小巷的入口处，邻居们每天出入时都会路过。房子是赵大爷儿子的，据说他儿子在外地做着大生意，很少见他回来。回来一次，也是大包小包往家里搬，看这情形，老两口应该真的不缺钱。

赵大爷房子前面有一个小院，一米多高的铁栅栏围着，上面爬着盘根错节的常春藤，稀稀落落的，像一堵开了无数个小窗户的墙。就是这堵漏风的墙，泄露了院子里面的风景，让邻居们对老两口的"情趣"有了全新的认识。

• 野菊花

　　像很多小院一样，这个小院内外也被种满了花草，不同的是它一年四季都有花开放，不同的季节散发不同的味道。春天来了，墙角下的鸢尾花，一夜间悄悄绽开了紫色的花朵，附近的女孩马上注意到了，她们赶紧理直气壮地换上轻薄的春装，唯恐辜负了这大好春光；夏天到了，红色的凌霄花很不安分，总想到外面去看看，爬上墙头才罢休，引得路人纷纷注目，看风景的人反而成了风景的一部分；秋风送走了酷暑，也带走了万物的灵气，三色堇仿佛为了安慰沮丧的人们似的，一口气开出红、黄、紫三种颜色的花，在一片肃杀中，显得格外精神；冬天的茶花，天生不畏严寒，越冷越显示出顽强的生命力，那盛开的红灿灿的花朵仿佛在无声地告诉人们冬天也就那么回事。

　　他的院子，渐渐地成了一道不可或缺的风景。我每次下班回家，路过他家院子，看到那些鲜艳欲滴的鲜花，浑身的疲劳好像卸掉了一大半。他们一有空就弯着腰给这些花儿施肥、浇水、剪枝……只要有邻居路过，他们就会直起腰来打招呼，忙乎久了，赵大爷额头上的汗珠就会无处遁形，在阳光的照耀下，古铜色的皮肤往往会发出晶莹的光。邻居见了，往往会说："赵大爷，累了就歇会儿呗，别伤着身子了。"

　　"不累，不累。"赵大爷总是笑眯眯地回答。我很想知道到底是那些美景本身，还是邻居们的交口称赞，或者两者兼而有之，维持着他们老两口的热情。总之，我觉着他们看护那些花草就像看护一群绕膝的孩子一样细心。

花草虽然取悦了邻居们的视觉神经,但这并不足以让赵大爷名声大噪。不知从哪天起,赵大爷跨出了自家大门,开始了一项让人匪夷所思的全新工作——回收废品,直白一点说就是——捡破烂。也是从这一天开始,他成了邻居们的千里眼和顺风耳。

每天天还没亮,就可以见到赵大爷背着一个麻袋在小区里开始了"巡游"。不只是垃圾桶附近,路上看到任何废品,只要是可以回收的,他都将其统统收入到袋子里。扔垃圾的邻居们看见他过来,都会远远地跟他打招呼:"赵大爷,你看这个要吗?"赵大爷听到后,马上就会三步并成两步赶过去,要不要都会笑着表示感谢。

无论是刮风还是下雨,他都会在附近转悠。哪家出门没关灯,忘了关大门,他都会提醒;路边车窗户没关,车子没上锁,他会提醒;天要下雨,如果谁没带雨伞,他也会提醒——不知从何时起,他渐渐成了邻里的义务巡视员。如果哪一天没看到他,那一定是有什么特殊情况发生,比如说生病了啦,家里来客人了啦,当然原因一般是后者。如果缺勤了一天,邻居们都会觉得少了点什么,第二天见到他,很多人都会问一声:"赵大爷,昨天怎么啦?"

"没什么,没什么,外孙过来了,帮着照看了一天。"赵大爷一般会乐呵呵地摆摆手。

"那就好,那就好。"邻居们也就放下心来。

- 野菊花

　　赵大爷喜欢小孩子，只要看见小孩子，就会上前去逗逗他："今天怎么这么精神啊？是不是考试考了100分啊？"孩子们也很喜欢他，遇到他老远就打招呼。他认识周围每一个小孩，大人们一时未见着自家的孩子，遇到赵大爷，会下意识地问："赵大爷，你知道我家小的到哪里去了吗？"赵大爷十有八九知道，"我刚在操场里见到他"或者，"你到小区超市门前看看，我刚刚看见他进去"——反正不会让你失望。

　　当然，也有刚搬过来的年轻人，不懂礼貌，看到赵大爷就喊："收破烂的，过来一下。"赵大爷听到后，好像很高兴似的，屁颠屁颠就去了，完了还谢谢人家。

　　每当老邻居们碰到这种场合，要上前去教训年轻人的时候，赵大爷都会摆摆手，"我就是一收破烂的，他说的对啊，别多想了。"

　　每个人老了都有自己的休闲方式，有些人看书，有些人打牌，有些人练书法，有些人弹琴……我寻思，像赵大爷那样收破烂，是不是算得上其中的一种呢？有一天，我看到笑呵呵的赵大爷，突然明白过来，其实无论哪一种休闲方式——多高雅，还是多低俗——本质都一样，没有高低贵贱，能给自己带来快乐，给他人带去方便，那就是健康的。

　　赵大爷是一个很平常的老人，无论是种花，还是捡破烂，他还是那个他，身上散发出同样的若隐若现的光。

凡·高的一生

凡·高的一生，都在诠释"痛苦产生美"这句话。细品他坎坷的人生经历，真的很难判定，到底是有意还是无意，他事实上成了痛苦的享受者和忠实拥趸。

痛苦造就了凡·高这个人，还有他的非凡成就。

凡·高的人生开局本不差，他出生在一个富庶的牧师家里，他的家族在荷兰地位显赫。他的人生道路似乎注定了顺风顺水，然而他偏偏大路不走，走小路，选择了一条注定难走的不归路。

没有一个女人真正爱过他

凡·高的感情生活充满了坎坷，他一次又一次爱上了不该爱的人。

情窦初开的年纪，他喜欢上了一个女孩，这本不稀奇——哪个少男不多情，哪个少女不怀春，问题出在喜欢的对象身上，他爱上了一个不该爱的人——别人的女朋友。为了获得这个女孩的欢心，他费尽了心思。"精诚所至，金石为开"只是一个传说。无数次的追求，没能让女孩动心，

• 野菊花

他输得一败涂地，在滂沱大雨中，悲愤欲绝的他只能躲在街头的一角，眼睁睁看着心爱的女孩穿着婚纱，幸福地投入另一个男人的怀抱。

凡·高才踏入社会，就体会到了被轻视、被抛弃的滋味。他不知道的是，这次经历只是一个起点，远远没有结束。

在当牧师的理想破灭后，他不得不回到家疗伤。还没等缓过劲来，不长记性的凡·高再一次爱上了不该爱的人。他爱上了到家里度假、刚遭受了丧夫之痛的表姐凯。一个不久前失恋，一个不久前丧夫，两个同病相怜的年轻人自然而然地抱在一起相互取暖。但两人投入的程度完全不一样。凯只沉浸在对亡夫的怀念中，和表弟一起聊天，外出只是她疗伤的手段。凡·高却想多了，他竟然爱上了凯。

坠入情网的凡·高对凯展开了疯狂追求。这不但让凯猝不及防，也让自己的家人无比愤怒。包括双方父母在内所有亲戚都激烈反对这段"乱伦"的单向感情。然而凡·高不管不顾。和凯在一起，不但让他无比快乐，而且给他带来了创作的灵感和希望。没有凯，他不知道明天怎么过。压根不爱凡·高的凯，终于撕破了脸，给他的答复是："不！决不！决不！"

坚信诚心能够感动上天的凡·高，亲自上门到表姐家去做她和她家人的工作。为了表示自己的决心和坚贞不渝的感情，凡·高当着众人的面将一只手伸到燃烧的蜡烛上面，一分钟，两分钟……手被熏黑了，熏焦了，他也不动一下。他的疯狂行动并没有打动表姐和她的家人，他们还是将他赶了出来。茫茫的黑夜中，凡·高独自在阿姆斯特丹的街头踟蹰，所有的女孩都不喜欢他，他用手紧紧捂住嘴巴，怕自己哭出声来，似乎这样就没人知道他是个不配得到人爱的劣种了。

本以为这次挫折会让凡·高清醒过来，没想到他不久又跳入了更深的深渊。在海牙学画期间，他再次爱上了一个不该爱的人，这次更加惊世骇俗，他让当地所有的亲戚颜面扫地，结果他们全部和他彻底决裂。

他爱上了一个妓女，并且公开和她同居！

形单影只的凡·高太渴望家庭生活了，哪怕是一个带着几个孩子，肚子里还怀着一个不知道父亲是谁的孩子的妓女，他也丝毫不介意。只要有一个家，家里有女人忙碌家务，有孩子绕膝，他就倍感温暖。为了养活这个临时的家，凡·高每个月拆东墙补西墙，但还是捉襟见肘。哪怕是这样的要求，上天也没有满足他，没多久，连那个妓女也对他心生怨意，直言不愿和他结婚，最终两人不欢而散。

他又一次回到家乡。这一次老天似乎发了善心，不是他爱上了不该爱的人，而是一个嫁不出去的老处女喜欢上了伤痕累累的他。每次凡·高外出作画，那个女孩就远远地尾随。

• 野菊花

最终两个人走到了一起。

凡·高小心翼翼地维护着这个女孩的感情,也准备和这个女人共度余生。但是,结局并不令人意外,女孩的家人觉得凡·高配不上她,因为他画的画卖不出去,又没有其他生存的能力。最终,凡·高没能带上那个女孩离开家乡,匆匆结束了最后那段感情。

吃不饱饭的凡·高

凡·高不但情感上饱受挫折和折磨,他的生活也乱成了一锅粥。他出生在一个中产家庭,很多亲戚不是巨贾就是显贵,他却常常为温饱犯愁,挨饿是常态。

凡·高好像天生就喜欢受苦。在他早年当传教士的时候,看到当地矿工及其家属悲惨的生活处境,他毅然将所有的收入分给那些贫困的家庭,给他们买衣服、食物,哪怕杯水车薪也要竭尽全力。他退掉环境优渥的寓所,搬到家徒四壁、四处漏风的陋室,他要真正融入他们的生活。在严寒的冬天,人们生活出现了困难,很多妇女和儿童因为进食很少,没有力气,加上没办法取暖,白天选择躺在床上。同样饿着肚子的凡·高也选择了这种方式,以挨过那寒冷刺骨的冬天。在矿区的日子,凡·高不但为那些底层人传播着希望,自己也将受苦受难当成了一种修行。

上帝的理想破灭后，他开始反思自己要选择什么样的生活方式过这一生。矿区的经历让他明白，虽然靠一己之力无法改变那些下等人悲惨的命运，但是他可以用画笔去描绘那些最普通的底层人，通过画和色彩去表现蕴涵在他们身上的美和力量。他终于找到了一辈子最愿意做的事情。

他从矿区回到家以后，又过上了安逸的生活。舒适让他如坐针毡，让他坐立不安。他知道这不是他想要的。于是他又赶往海牙去学习画画技巧，在那里再次过上了颠沛流离的生活。

在海牙，靠弟弟每月给的一百法郎，本可以过上从容的日子，但是凡·高偏不，每次月初收到弟弟的汇款，他将大部分用来购买画具，毫不吝惜，等到下半月的时候，往往就捉襟见肘，经常到月末的时候，就已经弹尽粮绝。这个时候他往往选择节衣缩食，甚至饿肚子，有时饿到没有了一点力气，只得躺在床上，苟延残喘。每个月挨饿虽然很难受，仿佛成了他的必修课。先是咖啡和黑面包，然后只剩下了黑面包，然后就是白水，最后发烧、衰竭和昏迷接踵而至——每月循环不辍。

到后来，即便这么低的收入，他还要养活那个妓女和她一家。他自己一个人可以挨饿，一家人可不行。于是他不得不放弃尊严，到亲戚家借款，受尽了屈辱。

- 野菊花

　　和那个妓女分手后,凡·高被弟弟接到了巴黎,在那里,他认识了一大批非主流印象派画家。他和他们做朋友,互相学习,度过了一段无论是精神还是物质都很充实的日子。在那里,他的艺术水准达到了一个新度,且臻于成形。

　　仿佛为了再次证明凡·高天生喜欢受苦似的,凡·高并没有安于舒适的环境,为了让自己的绘画水平获得更大的突破,他又选择了离开。这次选择的目的地是阿尔,一个环境恶劣到极致的地方,在那里他要实现"我要找到一个太阳,它炽热到能把我心中除了绘画这种欲望以外的一切都烧光"的梦想。他经常饿着肚子,要么顶着烈日,要么顶着狂风,在无人的旷野,忘乎一切去创作,就像一台不知疲倦的机器。在阿尔他肉体受的苦,无论是强度还是持续时间又创造了一个新纪录。高强度的风吹日晒,将他的头晒秃了,眼睛变成了喷火的洞,但是靠苦艾酒、烟叶的刺激,他仍然保持火一样的激情。

　　他像一棵树苗,没有施肥,没有浇水,还要遭受大自然的各种洗礼,不难想象,枯萎是迟早的事。没想到没等躯体倒下,凡·高的精神却先崩溃了,有一天他恍惚中竟然割下了自己的一只耳朵。凡·高不得不住进了精神病院,他的遭遇很好地诠释了亚里士多德的"但凡优秀的人都免不了是个半疯"那句话,尽管到那时凡·高的优秀仍未得到世人的认可。

凡·高生命最后的日子，选择到奥维尔这个小地方疗养。在这里，他躁动的神经渐渐平复下来，他抓住最后的时光，创作了一些达到顶峰的作品。但是就是到那一刻，他的作品还是卖不出去。他还得靠弟弟维持自己的生活，这使得他万分痛苦。有一天，当他了解到弟弟的收入下降，自己已成了他的巨大负担的时候，他明白，他离开这个世界的时刻到了。

凡·高没有犹豫，也没有任何遗憾，坦然地结束了自己的生命，结束了短暂的一生。他这一生充满了苦难，充满了悲凉，他的人生剧本本不该是这样的，这一切都是凡·高自己的选择，他无怨无悔。

痛苦成就了凡·高

痛苦既像魔鬼又像天使，在折磨凡·高的同时，也给凡·高带来了他孜孜以求的东西。这些东西如此珍贵，痛苦可以说不值一提。

痛苦给凡·高带来了对下层人的同理心和同情心，也给他带来了与众不同的创作素材和主题。因为有了对痛苦的感同身受，因此他的作品不再是常见的风花雪月，也不再是对那些达官贵人、上流社会生活的描写，他将目光投向那些没有社会地位、无足轻重、可怜的下等人。一个劳动者的形象，一块耕地上的泥沟，一片沙滩，一片大海和一角天空在他眼中都是严肃的主题，它们是那么优美，乃至"为了表现出蕴

• 野菊花

含于它们之中的诗意而献出自己的生命也是值得的"。没有那些痛苦的经历，他不可能找到创作的源泉。

痛苦让凡·高有了创作的动力，他不得不画，因为作画能够让他在精神上暂时忘掉太多的痛苦，作画的过程，让他内心轻松。他可以没有妻子、家庭和子女，他可以没有爱情、友谊和健康，他也可以没有可靠舒适的物质生活，他甚至可以没有上帝，但是他不可以没有画画，这是他生命存在的唯一意义。对他来讲，要紧的不是他在世上可以逗留多久，而是他用这一生的岁月去做些什么。时间不是一页一页飘动的日历，而是一幅幅用心血凝成的画。

痛苦让凡·高明白，内容比形式重要。对下层人的描述，形式变得不那么重要，在他的作品里藏着那些下层人跳动的灵魂。凡·高的画与众不同，他对形式的简化到了不可思议的程度，他甚至将人的脸都简化没了，他画的不是一个人，而是一群人。他画一个男人的画像，希望不光是他的外表，而是让人们感觉到这个男人汩汩流过的一生，他所见过的一切，他所做的一切和经受过的一切。

痛苦让凡·高的作品达到了一个前所未有的高度。他拥抱痛苦与这个最底层的根基密切联系，通过亲身经历生活中的重重忧虑和苦难，在艺术上取得进展。痛苦对于他来讲是家常便饭，痛苦让他对这个世界的理解，有别于那些衣食无忧者，那些痛苦的经历让他的作品"表现出来的不再是简单的伤感性的忧郁，而是严肃的哀伤"。他在烈日狂风中，忘却自我去和大自然对话，让作品通过色彩和画法去表达自己的情感。痛苦不但没让他对上帝记恨，反而让他对世界——这个上帝的作品——多了一份理解，世界就是一幅尚未完成的习作，不能因为它的不完美就去抱怨。正是他作品表面的粗糙、内在深邃的思想、看似未完成的特点让他的作品显得如此与众不同。

凡·高到死也没等到自己作品大卖的那一天。也许这并不重要，因为从一开始，他就放弃了对世俗成功的追求。在后人的眼里，他痛苦的人生经历必定和他那些伟大的作品一样熠熠生辉，一样激励着人们去寻找自己内心真正想要的东西。

• 野菊花

"邂逅"笛卡尔

最近,我老做梦,梦中会神游到十七世纪的欧洲,古色古香的城堡、高耸入云的教堂、锦衣华服的绅士、绮罗轻纱的少女……景色固然美如画,但更惊奇的是邂逅了一个有趣的灵魂,轻盈飘忽,一会儿以 A 面出现,一会儿以 B 面出现,两面迥然不同,但都那么活灵活现。

真的有这样的人吗?如果不信的话,你随我一同出发,穿越时空溜到十七世纪的欧洲吧,看看那个灵魂是否真的存在,真的那么有趣。

浪子

时光一下子拉到十六世纪末的一个平常的日子,在法国的一个贵族农庄里,一个小男孩呱呱坠地。因为是含着金钥匙来到这个世界的,所以他从睁开眼睛开始就从未曾为钱发愁过。前程家人都早早安排好了,上学直接上的是当地最有名的贵族学校,法文、希腊文、拉丁文、德文……一路学了个遍,直到获得父亲计划好了的法学学位。长大成人后,本该子承父业,但法律不是他喜欢的职业,于是他吊儿郎当地到了巴黎,在那里声色犬马,夜夜笙歌,好不快活。他和一些狐朋狗友——当然都是纨绔子弟,每天最大的爱好就是玩牌！要命的是，不缺钱的他总是赢钱，赢得手软。那些牌友对他无不佩服得五体投地，身边总是跟屁虫如云。据说无论他躲到国内哪个角落，不出三天，那帮酒肉朋友就会将他找出来，以至于后来为了躲开他们，他不得不远走他乡，直到去世他再也没回去，这是后话暂且不表。

极致的享乐带来极致的空虚，很快他就厌倦了这灯红酒绿的日子。于是他要改头换面，开始另一种生活，浪迹天涯的生活。

侠客

在厌倦巴黎那种纸醉金迷的生活后，他决定到各地巡游。他摇身一变，成了一个侠客。只见他每次出门都是衣冠楚楚，身佩宝剑，好不威风。当然，他确实也身怀绝技，那身剑术对得起那副行头。其间他还入过伍、参过军。别人入伍是为了去打仗，他入伍是为了好玩，为了遇到驻地各种各样的人，为此他开出了闻所未闻的从军条件，即以不领军饷为条件来换取不打仗，只做文书工作。以此奇葩条件，他先后在法国、荷兰、德国等国家从过军。在各地巡游的过程中，他还真显侠客风度，有一次在船上凭借高超的剑术一个人逼退了一群强盗，保住了性命和财产；还有一次他为了一个心爱的女人，和一个男士决斗，将对方击倒在地后，他却转身离去，依然将自己钟情的对象留给那位男士，远去的背影让春心荡漾的女子独自在风中凌乱。如果这还不是侠客，谁是？

• 野菊花

懒虫

有谁四肢健全、大脑发达，却喜欢终日躺在床上？有，他就是。从上学开始他借口身体不好，不愿准时起床去上课。更不可思议的是他的家人竟然成功说服老师，满足了他的要求，原因无他，校长是他父亲的朋友而已。从此他可以晚点上学，直到毕业。毛病一旦养成就很难改掉，哪怕以后步入社会，磨到中午才姗姗起床是常态，赖床这个习惯伴随他一生。他从来不是一个勤奋的人，即使后来做喜欢做的事，也习惯于短时间聚精会神地攻坚，不爱搞持久战。因为家里有足够的财富，几辈子也挥霍不完，加上对名声不太感兴趣，所以他无须像他人一样单纯为了那口饭劳心劳神，做懒虫他有这个资本。

情种

他出生于一个富贵家庭，衣食无忧，不生性风流，浪费一个情种的指标好像有点强人所难，不过他还是和其他纨绔子弟有点不同，美女、才女他看不上，唯独喜欢上了一个女仆，虽然这个女仆有点姿色，也有点文化，但毕竟身份悬殊啊！他最终没有和那个女仆结婚，却生了一个私生女。为了不让外人知道这段感情，尽管视女儿为掌上明珠，他对外谎称她是自己的侄女。不过女儿在 5 岁左右就去世了，这是不是报应不知道，反正对初享父女之情的他而言，打击之大不难想象。后来，好像为了再次证明他是真正的情种，他又同时迷恋上了一位公主和一位瑞典女王，迷恋对象的档次不上则已，一上让人惊掉下巴。后面还让人吐舌头的是，那位女王是他的超级粉丝，为了见他，竟然派……派军舰……没错是军舰，专门从海上来接他。

……

以上就是这个人的 A 面，浪子、侠客、懒虫、情种……但如果你认为这些形象就是这个人的全部的话，那就大错特错了，他也就没那么有趣。他其实还有戏剧性的另一面——B 面，B 面才是他大放异彩的地方，不信的话，请继续往下看：

隐者

过腻吃喝玩乐、四处游历的日子后，他终于下决心来一个彻底的改变，他要远离社交圈，做一个隐者。为此，他干脆一不做二不休，将家直接搬到了国外。他说到做到，大隐于市，一直在荷兰境内生活了长达二十年之久。在这二十年里他很少和熟人交往。用他的话说，在那里生活，既像在通都大邑，一切都是那么方便，又像是在人迹罕至的大漠，无人干扰。那些老朋友和熟人要找他，连所有来往的信函，都必须通过他的一个童年伙伴作为中介，谁也不知道他的踪影，你说神秘不？后半辈子他摇身一变，从一个浪子戏剧性地变成了一个隐居者，这个变化不可谓不大，原因无他，

• 野菊花

他找到了最喜欢做的事情——从天上到地上，翻来覆去地思考。

思想者

前面讲过他喜欢赖床，但光躺在床上也无聊，对不对？于是他在隐居的同时，养成了冥想的习惯，喜欢翻来覆去地思考问题，这个习惯一养成不要紧，结果解析几何诞生了，代数方程式发明了，坐标系也横空出世了，连那些七七八八的数学符号他都想到了，因为方便简单，迅速在数学界推广开。不过，有些符号是不是真方便嘛，我和我的小伙伴持保留意见……不仅如此，他还躺在床上，从古想到今，无论是对古代的亚里士多德还是中世纪的圣奥古斯丁、圣托马斯·阿奎那都产生了怀疑，万一他们错了呢？这怀疑的念头一出，就一发不可收，就缺对全世界大声喊一句："我啥也不信！"于是他定下原则，只要是他不能明白认识的一切世间道理，都要被列入怀疑对象，一方面他要将旧的思想体系推倒重来，另一方面也不是为了怀疑而怀疑，对不能明白认识的东西，他采取了"悬置"，这为后期胡塞尔的现象学诞生埋下了伏笔。他在确定了为数不多的真理、公理后，一系列新的想法和推论冲破经院哲学的桎梏，喷薄而出，新的理性主义诞生了，近代哲学从此开始了新篇章。回头想想，如果家人和老师当初不纵容他赖床，波澜壮阔的世界思想史和科学史上会不会因此少了一个伟大的拓荒者呢？

辩士

从热衷研究学问以来,他争斗激情不减,但形式变了,将决斗变成了辩论。和神学家辩,和不同意见者辩,不辩不痛快。有一次在一个大学食堂里竟然和一个乳臭未干的大学生辩上几个小时,后来学生将谈话内容写成了长篇论文,被传为佳话。还有一次被一个神学教授告上法庭,说他宣传无神论,好在有惊无险,没有落个伽利略的下场,尽管后人称他为第二个伽利略。每次发表学术文章前,他都喜欢先将手稿交给不同的人,让他们先睹为快并提建议,然后,无一例外会收到很多意见,甚至激烈的反对意见。而他往往会将这些对立的观点和自己的反驳理由附在文章后面出版,末了还加一句:本来是想让他们提提参考意见的,现在看来实在没有参考价值,姑且不论他说得对与不对,你说这口气气人不?你能想象到他那副不屑一顾的神情吗?

单身客

他虽然是一个情种,也真心喜欢过几个女孩子,但是都未能有情人终成眷属,最终活成了孤家寡人。最后一次,当他喜欢上那个女王后,他下定决心去和自己的爱人做伴,未曾想到达瑞典后,对恶劣的气候极度不适,结果得了重病,意外地客死他乡,终年只有五十余岁。当然对社会来讲,他独身也许并不是什么坏事情,这样他就可以全身心地去当他

•野菊花

的思想者,去思考世界的本源和科学的规律,我想这个贡献应该远远好过这个世界上多一个好丈夫和好父亲吧。这样说,是不是有点不人道啊?忽然想起他说过,人其实只能克服自己,不能克服命运,要想快乐,千万不要想着怎么去改变命运,让命运低头,而是要想方设法克服自己,进而去适应这个世界,只有这样,心才会宁静平和,才能收获幸福。想到这里,连我心中也释然了。

导师

　　取得了那么多惊人的成就,这还不是他最伟大之处。一般人取得了这些成就会到处宣扬,会故弄玄虚,想方设法让自己的形象变得更伟大些,但他偏不。为了不引起不必要的麻烦,生前取得的很多成果他再三嘱咐要在他死后才发表。他不认为他属于最聪明的那一类,他说他取得那些成果一是采用了正确的思考方法,为此他还专门写了一本有关方法论的书;二是因为坚持长期主义。他曾经打一个比方,他说一个人如果在一个陌生的大森林里迷路了,想要走出来。在选定一个方向以后就要坚持,不能遇到一点障碍就犹豫,就换方向,否则就永远走不出来。语重心长的话中,一个导师的形象呼之欲出。

　　……

　　看了这么多,是不是有点眼花缭乱?你看,无论哪一面——A面还是B面，不能不说这个人是人生楷模啊！他虽然只活了短短的50余年，但是他一天也没有白活，该吃的吃了，该玩的玩了，该爱不该爱的都爱了，吹的牛基本成了现实，你说这不叫成功，什么叫成功？更有意思的是他留下了一句名言：我思故我在，就像老子的那句"道可道，非常道"一样玄乎。这句话同样引起了很多人的遐想，每个人都有自己的解读，有的人说这是一个推理，有人说这是一个陈述，莫衷一是。依我看，光这句话就足以让他名垂青史。纪伯伦曾说过："如果有一天，你不再寻找爱情，只是去爱；你不再渴望成功，只是去做；你不再追求空泛的成长，只是开始修炼自己的性情；你的人生的一切，才真正开始。"这句话是这个人短暂一生最好的注脚。

他是谁？为什么我在梦里没见到庄周，却穿越400多年的时光见到了他？梦里看似蒙眬的面目依然那么亲切，那么有趣？相信大家不用猜也都知道了，他不会是那个不想出名死后却又出大名的……什么来着吧？哈哈，你总算猜对了。

如果今晚我还能梦到他，我很想当面问他一个问题，为什么平方的符号一定是数字右上角放个不起眼的"2"，害得我和小伙伴们当年因为它而屡屡考试丢分，你的一个念头，让几百年后的顽少们受累，有点不公平吧？

再说，这个符号真的是最合适的吗，笛卡尔先生？

- 野菊花

厂家代表

　　这些年因为业务关系，我免不了会和各种各样的厂家代表打交道，其中有一位，不但给我留下了深刻的印象，后来还成了我的朋友。

　　这位朋友去世大概有十年了吧，然而，他的音容笑貌每每回想起来，却鲜活如初。十多年前，我所在公司有一块主营业务，由于技术的限制，部分产品只能购自欧美或中国台湾地区。

　　这些厂家为了最大限度地占领市场，通常会在一些大城市设立代表处，里面人不多，一般三四个人，负责管理覆盖几个省的大区市场。为了达到控制经销商的目的，厂家代表一般在一个地区发展多家经销商，并让他们互相竞争。和厂家的强势地位相比，本地经销商基本上没有什么话语权。本地大小老板们为了得到厂家的支持，都竞相对厂家代表阿谀奉承，厂家代表，个个飞扬跋扈，不可一世。

　　就在这个时候，一个中国台湾厂家进入本地市场，带来了一股清新的空气。厂家代表是一个叫李明的年轻人。我第一次见他的时候，就觉得他和其他厂家代表不一样。前台告诉我他到了接待室，我进去的时候，发现一个汉子正低头翻

看我们公司的宣传册,见我进来了,马上抬起头,三步并作两步,快步迎上前,双手一把握住了我的手:

"幸会,幸会!"

一口温润的普通话,双手温暖而有力。我一边请他坐下来,一边细细打量眼前这个年轻人。

他介绍自己来自中国台湾,外表看,根本不像一个南方人,明明一个典型的北方汉子嘛,一米八左右的身高,魁梧的块头,只是皮肤没有常见的北方人的黝黑粗糙,戴副眼镜反而有点书生的味道。他说话慢条斯理,轻言细语,我边听着他的话,边暗自思忖,这样的人大概一辈子也没吵过架吧?他说他来自台湾,但爷爷那辈是甘肃人,所以他对外说既是台湾人,也是甘肃人。第一次到武汉,请我多多关照。然后让我介绍自己的公司和当地的市场情况。

我说话的时候,他一直都前倾着身子,一副认真倾听的神情,中间还不时点头示意认同。哪怕有不太一致的地方,他总是说"我补充一点",而不是粗暴打断或直接表示不同意,完全没有一般厂家代表的强势派头。我第一次感受到了被厂家代表尊重的感觉。

在听完我的介绍后,他介绍自己所在的公司,他说他这次来武汉就是寻找合作伙伴的,来之前对我们公司做过一定的调查,感觉我们公司是他们很好的潜在合作伙伴。通过我的介绍,加上实地的考察,更坚定了合作的信心。

- 野菊花

　　他一直是用诚恳的口吻说话，说话的时候直视着我的眼睛，让人很难忽视他的诚意。虽然过去踩过太多的坑，此时我并没有完全消除顾虑，但是我还是觉得这个人靠谱，进而觉得这个厂家应该也靠谱。后面的经历证明了我的直觉。

　　经过几次交流后，我们最终和李明的公司签署了协议。从此，双方的交流就多了起来。我很快就发现，他的外表妥妥的一个粗线条的北方汉子，做事风格却像一个心细如发的女子，北方和南方的优点在他身上得到了完美的统一。有好几次，他收到我发过去的文件后，又给我打了回来，我开始有些疑惑，后来打开一看，里面有好几处文字下面画了红线——原来有几个字写错了。那一道道醒目的红线，至今仍历历在目，回想起来不由得有些脸红。后来，我才慢慢了解到，他是一个非常严谨的人，他们公司在大陆所有的流程文件都是他亲自草拟并反复校对的。受他的感染，我从那时起也养成了仔细核对文件的习惯。

　　商业方面的支持是空前的，比如：第一次收到厂家邀请，到厂家工厂参观，第一次厂家上门做技术和市场培训，第一次厂家帮助在全国媒体打广告，第一次参加全国经销商会议，第一次在武汉依托我们公司成立技术服务中心……这样的例子很多，我就不赘述了。我知道，这些商业做法和李明个人的品行风格有着密不可分的关系。

每次来武汉，我都想请他吃个便饭，但很少能如愿。一是他忙，二是他不愿意麻烦我。我们之间一直保持着紧密的合作伙伴关系，个人层面是君子之交。有一年夏天，我到上海参加一个全国性的行业会议，会议有好几个分馆，每个分馆有不同的主题。得知我来得比较仓促，不太熟悉会议的安排后，同样参会的李明以东道主的身份陪了我整整一个下午。分馆离得有点远，烈日炎炎，他不顾酷热，亲自将我带到各个分馆。路上我看到他额头上渗出的汗珠，有好几次想说声感谢，但话到嘴边还是没有说出来。到分馆后，他还特意和我坐在一起，陪我聆听感兴趣的主题发言，并介绍发言人的背景，解答我的疑问。回武汉后，我专门发消息表示感谢，他只回了句："客气了，无论作为朋友还是合作伙伴，都是应该的。"

有一年冬天，一个全国性的行业会议在武汉召开，李明带领厂家七八个代表到武汉参会。会议结束前的晚上，我所在公司宴请了来自国内的部分同行，当然包括李明他们。晚上九点，饭局已经进行到一半的时候，一个小伙子无意中泄露，李明的生日就在当天。我想他回去后肯定没有机会过这个生日了。于是，便专门托人到花店买了一束鲜花。当大家正觥筹交错的时候，突然一个人走到李明面前，道一声"生日快乐"，于是，大家一起站了起来，一起围着他唱起了生日歌。猝不及防的李明，脸涨得通红，一个劲地说："太客气了，太客气了！"那天晚上，李明的脸一直是红红的，我猜一半是因为喝酒的缘故，还有一半应该和心情有关吧。

- 野菊花

　　台湾这个厂子在大陆的业务发展非常迅猛,经销网络不断扩大,产品也日益得到了广大用户的认可,尽管如此,老的经销商并没有被抛弃,相反,支持的力度还不断加大。我们对厂家、对李明本人的信任与日俱增。他们厂家在大陆派遣的人也越来越多,李明开始不直接负责具体的经销商业务了。我和李明之间的直接联系也越来越少,只是每逢过节的时候,相互致一下问候。

　　我清楚记得有一年端午节前夕,我收到了一盒精美的粽子,包装风格明显有些不同,打开后发现来自台湾,里面附着一张卡片,上面有几行刚劲的钢笔字,具体内容我忘了,大概意思是在这个佳节来临之际,吃着饱含寓意的粽子,纪念前朝的贤人,也惦记异地的朋友。不用猜,我就知道是李明寄的,后来我去电确认,果然是他。这年端午,他难得回家一趟,利用这个机会让我尝尝台湾的特产,他一再说粽子没有大陆正宗,纯粹只是想让我尝尝鲜。

　　最后一次见到他是那年的秋天,我到北京出差。得知我抵京后,李明主动给我打了一个电话,说想见见面,于是双方约好了时间和地点。已是晚秋时分,晚上八点左右,天空下起了小雨,寒风裹着冰冷的雨点,横扫着大地。我缩着脖子从出租车走下来,走进了约好的咖啡馆。里面没什么人,在昏黄的灯光下,我只看见一个孤独的身影伫立在窗前,见我来了,他连忙转身,两人的手紧紧握在了一起。我们坐在窗前的桌子旁，呷着热气腾腾的咖啡，有一句没一句地聊着。其实也没聊什么，他翻来覆去就那几句话，他们公司明年的工作计划和我们提升业绩要注意的事项，等等，总感觉他有什么话要说却始终没说出来。不过，能见见面就很开心，我没有感到任何不自在。

在咖啡馆门口分手后，我正要转身离开，他突然叫住了我，在昏暗的路灯下，他一脸严肃地站在我面前，双眼直视着我，我以为他有什么很要紧的话要说，但没有。他用认真的口吻说道，能认识我是一种缘分，虽然是君子之交，但他一直把我当成真正的朋友，还说这些话憋在心里很久了，今天终于有机会说了出来，感觉轻松多了。说完这些话，没等我反应过来，他就挥挥手，转身离去。我站在路灯下，看着有些佝偻的背影，消失在沉沉的夜幕中，心中既莫名地感动，又有些隐隐的不安。

转眼到了翌年春天，他的一个同事来武汉，带来了一个石破天惊的消息——李明去世了！

不到四十岁，这么年轻，怎么可能？我一下子蒙了。

我一边在屋子里走来走去，嘴里一边念叨："这怎么可能！这怎么可能！"

他同事对我的反应毫不奇怪，还说他的同事们也同样不理解。他在我稍微平静下来后，透露了一些更让我震惊的细节。李明是得癌症去世的。他在去年八月份就得知自己到了

• 野菊花

癌症晚期。他不但坚决拒绝了公司要求他住院治疗的要求，反而向公司请求，反正要离开这个世界了，不如让他死在热爱的工作岗位上吧。公司领导想都没想就拒绝了他的荒唐请求。但是李明就是不肯从工作岗位退下来，公司领导实在拗不过他，不得不破天荒依了他，还为他在同事和合作伙伴面前保密。就这样，直到去世的一周前，他还一如既往地办公、出差。

我突然意识到，原来上次我和他在北京见面的时候，他已经得了癌症，怪不得他专门约见我，还对我讲出了那番肺腑之言。那天隐隐觉得他的言行有些异常，我为自己的粗心后悔不已。他最后一刻的行为让我认识了一个更加鲜活的大写的人。

一晃十多年过去，其间每见到一个新的厂家代表，我就会想起和李明首次见面时那双温暖有力的大手，以及那句"幸会幸会"。

第三部分：带你看世界

心系大事的年轻人

大事一定比小事重要吗？在很多人看来，答案也许不言而喻。去年过年期间的一段经历，让我对此有了更深的认识。

大年初一爆竹的雾烟还没散去，和往年一样，我就马不停蹄走起了亲戚，早走早了事。这天上午，当我气喘吁吁跑完两家，上气不接下气赶到第三家时，已经是红日当头——正中午了。本想将手上那几盒烟酒放下就走，无奈被主人拦住，一定要我留下来和其他客人一起吃饭。

恭敬不如从命。宴席地点在堂屋，我一进入屋内，只见一张大圆桌放在屋子中央，桌上小火锅滋滋冒着蒸汽，其他菜肴正陆陆续续摆上来。十来个食客围坐在一起，还没有动筷。三三两两交谈着，像火锅上面的蒸汽一样热气腾腾。

中间正好有个空位，两侧分别坐着两个中年男人，一个满脸胡茬，一个头发像个蓬松的鸡窝。我悄无声息地坐下来，同时用眼神迅速扫了一圈。岁月的沧桑写在每个人的脸上，看得出大部分是四五十岁的中年人。也有例外，坐在对面的两个小伙子，应该不到三十，朝气蓬勃的样子，显得有点与众不同。座上客很自然地分成了几个小组，聊得火热。

• 野菊花

　　胡茬男抿了一口茶水，叹着气：
　　"唉，别提了，去年十月好不容易等橘子熟了，却因为运不出去全烂了。"
　　"你应该给橘子打打蜡——"旁边那个差不多岁数，戴着一顶蓝色绒帽子的男子接过话头。
　　"打蜡有什么用？物流停了快一个月。"一位满脸皱纹的男人插了一下嘴。
　　……

　　"我明年想买一台小货车，往县城跑，啥车子合适啊？"鸡窝头那头也很热烈。
　　"买个长安的吧，价格实惠，扛造。"
　　"我觉得五菱的好些，我妹夫去年买了一台，力气杠杠的，杂七杂八的毛病少。"
　　……
　　"新能源车最终会取代传统燃油车，这是趋势！"小白脸呷了一口酒，冷峻地看了看四周，那神情俨然一个决胜千里的将军。
　　"不可能，这样的话，你让那些石油大国喝西北风去？"小个子有点生气，声调不啻一声惊雷，一下子震住了大伙儿。说完，小个子若无其事地将筷子伸向中间的火锅，搅了一下，夹了一块肉，没有急于入口，而是和筷子一起停在空中。一秒，两秒，三秒……空气似乎凝固了。胡茬男手中的酒杯，似乎也忘了放下来。

见没有人回答，小个子这才示威般将它送到了自个儿的嘴里。

"那也没办法啊，谁也不能一直躺着吃老本，你说是不是？"白脸年轻人缓过神来，一副不服气的表情。

几个小组都在聊着，每一个小组不一样的话题。一会儿，主人过来给每个人倒了一杯酒，酒席就正式开始了。十几双筷子在桌子上空飞舞，此起彼伏，好不热闹。酒助聊性，聊天的调门儿越来越高。

"水果都要做保鲜的，不做是找死。"
"你怎么这样说？我卖的是绿色环保，懂不懂？"
"你说什么？我听不清……"

"车子还是要看结实不，如果不结实，三天两头坏，不烦死了？"
"那不一定，货车拼的是力气，没力气，扯其他的都是白搭。"
"什么？你说什么……"

那两个年轻人的声音完全盖过其他人了，往往其他人话没出口，就给噎了回去，他们只好打住，待年轻人讲完。

"年轻人，别扯那些没用的，你们这么牛今年拿了多少年终奖啊？"胡茬男终于爆发了。

• 野菊花

"奖金？我才不稀罕什么奖金呢。"小白脸不屑地瞅了一下胡茬男。

"这是为啥，你聊一聊？"鸡窝头来了兴趣。

小白脸低头喝了一口酒，夹起一块红烧肉，不紧不慢地放到嘴里。正当人们都有点不耐烦的时候，他开了腔：

"有钱也不花的话，你说赚钱做什么？你瞧现在银行的钱越来越多，可贷不出去吧？"

"胡说，谁说贷不出去啊？我买货车就要找银行贷款。"鸡窝头愤愤不平地说，唾沫都喷到桌上的西兰花了，大家都假装没看见。

"问题是银行会贷给你吗？你试试看。"小白脸瞟了鸡窝头一眼。

"你说的不会是真的吧？那我该咋办啊？"鸡窝头一下子怂了。

"你一定要有抵押物，光货车不行，没有的话神仙也帮不了你。"

一片沉默。有人举起酒杯：

"大家来一杯……干了……干了……"

酒刚下肚，又有人发声了：

"你们给说说城投的债券啥样啊？我去年经熟人介绍买了些。"一个满脸沟壑的老者一脸虔诚地问道。

"不要买了，城投公司早就自负盈亏了。"小个子年轻人赶忙接茬。

"城投公司毕竟是家底子厚，他们的债券怎么会有风险？"

"我可没说他们有风险,是你说的。"年轻人端起酒杯和老者伸过来的酒杯碰了碰,接着说道:

"我只能告诉你银行都不给这些公司贷款了。"

……

我静静地听着这两个年轻人的宏谈大论,心中不禁暗暗感慨,真是后生可畏啊!无论是什么大事,无所不知,无所不晓。

散席的时候,我忍不住向主人打听这两个年轻人的背景,没想到他努了努嘴,很不屑地说:

"他们俩啊?别提了,让家里人愁死了。"

"怎么啦?"我有点吃惊,"这两个年轻人很不错,又有见识,怎么还要家里人操心?"

"是有见识,不过都是不着边际的见识。一个虽说是研究生,毕业七八年了,没有一个单位待的时间超过半年的,也没找女朋友;另一个从城投公司离职一年多了,一直闲在家里啃老,哪儿也不愿去。家里人都操透了心……"

回家的路上,我想起了《长日将尽》里那个闭塞的英国小乡村,那个一辈子也没走出村子却对国家大事滔滔不绝的农夫哈里。"这世界就是个轮子,以这些豪门宅邸为轴心而转动。"普通人目之所及,无论来源于哪里,都是些别人想让你看到的,你永远看不到真相,遑论改变这个世界。

不知谁说过这样一段话,不知道有无道理,姑妄听之:

- 野菊花

作为一个普通人,当你醉心于全世界的大事的时候,你的日子过得不会好;当你醉心于其他不相关大事的时候,你的日子过得也不会好;只有当你专注身边事的时候,你的日子才会真正好起来。

第三部分：带你看世界

富兰克林、朗姆酒和面子

半个月前我就开始掰指头，一天，又一天……终于十几天一下子就过去了，五一长假赫然就在面前。

这个假期是对劳动者的特别奖赏，劳动者可以名正言顺地不劳动，他们可以选择旅游，选择探亲，选择购物，选择运动……当然也可以选择无所事事。家人都回老家了，难得只落下我一个人，我的选择就是——

无——所——事——事。

当然也不是真的无事可做，无聊本身就是一种折磨呢！假期还没到，我就早早给自己下达了两件任务，一件是翻翻床头那本已经落灰的《富兰克林自传》——平时不是没时间，而是总借口静不下心来；另一件是回老家看望快九十高龄的父亲，上次回家还是一个月前的事情。这两件事都没有设定具体时限。

头天晚上不到八点，夜幕刚刚降临，我就早早爬上了床——优哉游哉的感觉真是好啊！窗外华灯初上，我随意斜躺在床上，床头的橘黄色的台灯温暖而明亮。开始时漫不经心，很快注意力就被吸引住了，那些上下翻滚的文字仿佛

● 野菊花

赋予了我某种魔力,我一下子穿越时空来到了那个陌生的美洲大陆。

一个黑黢黢的晚上,我来到了一座木头房子旁,透过提拉窗看到一位头发和胡子都已花白的耄耋之年的老者——富兰克林——和一个面容略带稚气的青年——他的儿子——围坐在一个火炉旁,炉里的火苗跳跃着,发出噼里啪啦的响声。老人以亲切、自然的口吻,回顾着家族的历史、个人的成长经历、美国建国前的件件逸事。

他,富兰克林,出生在新英格兰的一个普通家庭,10岁那年,父亲就让他辍学,跟哥哥当了一名印刷工。富兰克林天生好学,从小就喜欢探索未知世界,在平常繁重的工作之余,他将所有的精力放在了看书写作上,很早苏格拉底就教会了他如何去寻求真理,这为他后来在多个领域做出开创性的贡献埋下了伏笔。

后来,因为和哥哥有了矛盾,他不得不到英国另谋出路,当然做的还是印刷工。几年后又去费城继续打工,再后来和人合伙开了自己的印刷所。

富兰克林勤劳、正直的品格给我留下了深刻的印象。他说一个人有事做,内心就会快乐。他是这样说,也是这样做的。每到深夜,邻居们开始睡觉了,他仍在印刷所忙碌,第二天,邻居们还没起床时,他已经开始在印刷所忙碌了。

为了让他儿子有印象,他还讲了一个船长的故事。那个船长是一个快乐的人,他快乐的秘诀是永远不要闲下来。当船员忙碌了一天,过来告诉他所有的活儿都忙完了的时候,船长说,去把船锚洗洗吧。

看到这里,我不禁莞尔。

富兰克林以近乎一个完人的标准要求自己,他为自己制定了十三条道德名目:

节制、节言、秩序、决心、节俭、勤劳、诚实、正直、中庸、整洁、宁静、贞洁、谦虚。

他将这些名目制成表格,每天检查自己是否严格执行,做得不好的就反省。

我仿佛看到油灯下一个年轻人,对着一张纸划拉着,一颦一蹙散发着圣洁的光芒。

高尚的品行得到了应有的回报,富兰克林很快实现了财富自由。于是他决定将更多的时间投入公益事业上,并开始了他的政治生涯。

....

书越来越薄,我本可以一鼓作气看完,后来我还是决定合上书,为翌日留点精彩。

虽已转钟,我辗转反侧,仍没有睡意,满脑子都是富兰

• 野菊花

克林的形象。于是，我披衣下床，到餐厅倒了一杯凉开水，慢悠悠踱到露台。蓝色的夜空中，布满了繁星，它们一闪一闪眨巴着眼睛。我突然想起哪个哲人讲过，逝者最终都会变成天上的星星，如果是真的话，那些点点繁星中，哪颗才是富兰克林呢？微风吹过，屋边的樟树发出沙沙的声音，仿佛在摇头告诉我，他们也不知道答案。

我睁开惺忪的眼睛时，太阳已经晒屁股了，白晃晃的阳光洒满了房间。我慢吞吞地爬起来，不紧不慢地收拾了一下。海阔凭鱼跃，天高任鸟飞，自由的感觉真是好啊！我来到小区门口，随便找了个早点摊，点了碗热干面，胡乱扒拉了几口，又回到了家里。

我来到书房，坐到窗前的圈椅里。阳光透过窗前的树叶投到对面的墙上，留下斑驳的影子。我继续听那位平凡而伟大的老人讲述他波澜壮阔的一生。

和一般的政治家不同，他不善言辞，也不喜欢夸夸其谈，相反喜欢深入现场，因为他细致入微的做事方式，诞生了费城第一套街道排污系统、第一盏路灯、第一支环卫队，第一支消防队，一个现代化的城市从此有了雏形。除了这些，他热心公益、慈善事业，还募捐成立了医院、大学等公益机构。

他还发明了富兰克林炉，证明了闪电就是电，在科学史上留下了精彩的一笔。

第三部分：带你看世界

富兰克林投身政治后，可以说十八世纪下半叶美国发生的任何一件大事都离不开他的身影：当选市议员、当选州议会议长、起草《独立宣言》和宪法、缔结法美同盟、签署英美合约……但这些不是他跟儿子着力宣讲的。

富兰克林不遗余力传播的是他的思想。他曾经编写了第一本年鉴《穷理查年鉴》，将国内外的格言谚语汇集在上面，这些格言都是宣传勤劳、正直、诚实、善良的品格，这本书连续出版了 25 年，据说因为这本书，宾夕法尼亚州的财富明显增加了，因为作者在书中劝人们节约，不要购买外国奢侈品。

79 岁高龄的时候，他再次当选为宾夕法尼亚州州长。同年，富兰克林开始撰写自传，直到去世前才搁笔。辞世前，他嘱咐在他的墓碑上只刻"富兰克林，印刷工人"这几个字。

临近中午的时候，书终于翻到了最后一页，我长吁一口气。虽然看完了，我决定还是将它继续放在床头。

休整了一天后，我决定完成第二个任务：回家看望父亲。

虽然已是假期第三天了，而且还早早出门，但是堵车还是未能幸免，一路走走停停，比平时多花了近一个小时才到家。

• 野菊花

　　我们兄弟姐妹四个，母亲二十多年前就去世了，从那一刻开始，父亲就如浮萍般四处漂泊，在子女附近轮流住，住一阵子，就换个地方，因为哪个地方住久了也不习惯。住得最久的地方还是农村老家。老家只有几个远房亲戚，平常也没什么来往，每次父亲回去住时，我们会去礼貌性地打个招呼。

　　我最先到家，踏进院门后，第一件事就是去看望父亲。父亲坐在堂屋的沙发上，正一个人聚精会神地看电视。见我回来后，马上颤巍巍地站起来："回来了？怎么就一个人啊？"
　　"孩子去外婆家了，您身体还好吧？"
　　"好……好……"
　　父亲头顶差不多秃了，仅剩的几根白发，随着身子一晃一晃的。他脸色红润，声音也比较洪亮，身子骨看起来还算硬朗，我的心一下子踏实了。我一边递给父亲一个洗好的桃子，一边示意他坐下：
　　"您接着看电视吧，我出去逛逛。"
　　很久没有回老家了，每次回去也是来去匆匆。趁着兄弟姐妹们还没到家，我走出了家门。
　　一切早就变了模样。我爬上房后的小山包。沟壑纵横的黄土坡，野蛮生长的构树，随风摇摆的蒿草，眼前的一切既觉得陌生，又觉得似曾相识，心中不禁感慨：逝者如斯夫！
　　我回到家的时候，已经准备开餐了。不到十分钟，大家就围坐在一张桌子旁，大快朵颐起来。

正吃着,父亲突然叹了一口气,说这个月又花了一千元送礼。我放下筷子,问他是什么礼金,父亲没好气地白了我一眼:

"还能有什么?你堂叔的儿子新房装修好了,大摆宴席庆祝,给我送了请柬,我能不去吗?"

"那为什么要送那么多钱啊?每个赴宴的人都送那么多吗?"

"现在农村办个酒席,大鱼大肉,好烟好酒,排场大得很,送礼少于一千元的话,没有面子。"大哥接过话。

"面子?"我有点不相信自己的耳朵。在我的心目中,很多农村人一个月的工钱也就两三千块,怎么会为了一个面子,一顿饭就吃掉一千块钱呢?

"有比面子更重要的吗?礼送出去了,后面可以想法找回来,面子丢了,就不好找回来了。"哥哥对我的大惊小怪有点不以为然。

"这算什么?现在老家每个月都有礼金要送,结婚、过生日(凡整十岁属于大寿,要大办)、建新房、房子装修、老人去世……一年没有几万元的礼金根本应付不过来。"弟媳妇补充道。

"这些钱全部吃掉了?"我还是有点不相信自己的耳朵。

"大部分倒掉了,怎么可能吃得完。"父亲叹了一口气。

大家的话题很快转移到其他方面了,我还是不死心:

"那像这样为了面子送大礼是最近几年才有的事吧?"

"过去名目倒是没有这么多,送也不用送这么多钱,过去穷啊!"父亲见没人接茬,忙答道。

- 野菊花

"再穷也要有面子,过去穷是穷,但也要给亲戚送礼,你们不了解情况,过去都是我在跑。"哥哥说道。

"哥说得对,小时候走亲戚,吃饭的时候,母亲每次都叫我留碗底,就是不要将里面的肉吃完,否则就会丢面子,让人看不起。"弟弟附和道。

面子,是我们这个民族的传统,不是现在才有的,我突然醒悟过来。

乌江自刎的项羽——因为战败,无颜见江东父老;

一怒之下向11国开战的慈禧——因为洋人驳了面子,所以我跟你玩命;

富贵不还乡,犹如锦衣夜行——发达了回乡,这样倍儿有面子。

……

回城前,在父亲的提议下,我到附近的几家远房亲戚家走动了一下。亲戚一个个腰弯了,背驼了,就像一根根枯藤,随时准备落地为安。我打听日子过得怎么样。都说比原来好了很多,但是负担也重了,这不,一个老人眼下正为儿子娶媳妇的事发愁呢,交不起彩礼,三十好几了只能单着。

我脑海里突然浮现出富兰克林描绘的场景,那些嗜酒如命的人,发完酒疯后还念念有词:"伟大的圣灵创造了万物,凡创造之物皆有用途,现在圣灵创造了朗姆酒,他说'让印第安人一醉方休吧',我们只得照办。"朗姆酒麻痹、摧毁了印第安人的意志,他们最终失去了祖祖辈辈安身立命的土地……

望着一张张密布沟壑的脸,朗姆酒……面子……我不禁打了一个寒战。

• 野菊花

从另一个视角看《奥本海默》

周末带女儿一起去看了一部电影《奥本海默》，它反映的是二战期间原子弹研发项目负责人奥本海默的人生故事，历时三个多小时的电影就像一个万花筒，将一个个珍贵的历史画面呈现了出来，里面有很多不显眼的细节，也许正是这些细节不经意间流露出历史的真相吧。

喧嚣的酒屋

这个片子有大量酒屋的场景。无论是痴迷于科学的大学教授，还是满足于今朝有酒今朝醉的凡夫俗子，还是一些热衷政治的左翼分子，都喜欢定期、不定期的聚会，聚会地点可能在学校，也可能在某个人家里，最常见的场所是在形形色色的酒屋。人们聚集在一起喝着小酒，谈笑风生。

19世纪末，欧洲的人们流连于各种咖啡屋（酒屋）成了一种时尚，咖啡屋早已不再是简简单单满足口腹之欲，放松身心之所，它成了人们交流思想的沙龙。数学、哲学、生物学和物理学等学科的爱好者经常约在一起，谈论着最近的学术动态和各自的研究成果。找个地方边喝边聊成了大家共同的习惯。

维特根斯坦的语言哲学、海森堡的不确定性原理、哥德尔的不完备性原理，波普尔的科学证伪理论……在萌芽阶段就成了咖啡屋里热议的话题，里面自由、奔放、无拘无束的氛围和灵感的火花相得益彰。

当然，酒会并非只是思想交流的场所，也是人们寻找刺激的地方。就连腹笥丰赡的奥本海默也不能免俗，不时利用这个机会和女人调情，导演没有因为担心影响奥本海默的"光辉"形象对他的污点加以回避。

奥本海默显然深谙酒屋的重要性。当核弹基地搭建的时候，他建议要设酒屋。项目总筹办人格罗夫斯将军坚决反对，认为不同部门的人聚在一起，不利于保密原则。但是，奥本海默认为，要想项目成功，这些科学家必须有非正式的交流机会，而酒屋是最佳场所。在经过一番博弈后，将军终于让步，同意一周一次的酒会。在当时特殊的国际环境下，这个措施有利有弊，它可能为泄密提供了便利，格罗夫斯将军的担心战后得到了证实。

圈子是阶梯

不难发现，电影里面的物理和数学精英们私交甚深，有的是师生关系，有的是同事关系，有的是朋友关系。他们之间的交流可以说是非常频繁和通畅的。其实，这个朋友圈里有一个电影里虽未出现，但为我们中国人熟悉的人物——

• 野菊花

杨振宁，他曾在普林斯顿研究所工作过，是奥本海默担任院长期间亲自招募来的。杨振宁是泰勒的学生，和电影里的爱因斯坦、哥德尔、费米、费曼等大人物几乎都有过或深或浅的交往。

这些人之所以能取得光彩夺目的成就，和他们能够处在顶层的圈子有很大关系。纵观历史，没有一个天才不是站在他人肩膀上取得成就的。奥本海默和杨振宁读博士时，选择的研究方向都是实验物理，巧合的是两人动手能力均为弱项，如果他们没有高人指点及时改变方向，日后别说取得惊人的成就，恐怕在科研机构混口饭吃都难。

曼哈顿计划能够完美实施，肇因奥本海默超强的个人学术能力，毕竟他是将量子理论引进美国的第一人，但更和他处在一个顶层精英圈子里有关，他能够让那些顶尖科学家紧密合作，各施其长，比如费米设计了核反应堆，威德开发了超重水，费曼发明了并行算法大大提高运算效率，等等。

如今，逆全球化成了一个风潮，看似已不可逆转。它带来的最大风险不是贸易脱钩，不是供应链脱钩，也不是技术脱钩，而是精英阶层脱钩导致的思想脱钩，如是，恐怕再出现一个杨振宁难矣。

不确定的量子世界

奥本海默是量子理论的大师，当施特劳斯要介绍爱因斯坦给奥本海默的时候，他回应说，自己认识爱因斯坦，而且嘲笑他那句"上帝不会扔骰子"的名言，并且强调，爱因斯坦取得成就已是四十年前的事了，神情写满了不屑。

头发花白的爱因斯坦在树林中独自踟蹰，微驼的背影透着英雄迟暮的荒凉，也许是因为年过花甲被迫离开故土的痛楚，也许是因为学术上走入了死胡同——他到死也没完成他那个大一统理论，而他极力反对的量子理论的发展已是轻舟已过万重山。个中滋味只有他自己知道。

进行第一次核试验的时候，格罗夫斯将军询问链式反应失控的概率有多大，奥本海默回答"接近零"，"接近零？"而这不是格罗夫斯想要的答案，试验弄不好会毁灭世界，怎能这样不严谨？然而，这个世界哪有百分百确定的事情，对量子理论深有造诣的奥本海默不可能不知道，因此，哪怕格罗夫斯再三确认，他提供的还是那个不能让格罗夫斯完全满意的答案。

- 野菊花

众生是蝼蚁

  历史从来不是温情脉脉写就的，而是踏着累累白骨前进。这部电影活生生地展现了一个场景，二十多万的生命瞬间灰飞烟灭，从此，人类历史翻开了新的篇章。

  奥本海默之所以心怀愧疚，一个原因是因为研发了核弹这个杀人利器，更因为他觉得战争已经接近尾声，有投掷核弹这个必要吗？更何况受害者除了那些法西斯分子，还有广大无辜的百姓。

  奥本海默不是政治家，他可能没明白一点，那些百姓真的是无辜的吗？战场上杀人如麻的军人，哪个不是来自普普通通的家庭？他们都是战争贩子利用的棋子，被蛊惑的对象，如果说奥本海默认为自己手上沾满了鲜血，那些平民百姓也好不到哪里去。

  不过让人毛骨悚然的还有一个小细节，当谈到核弹为何不扔到京都的时候，有人云淡风轻地说因为他和妻子的蜜月是在京都度过的缘故，那里曾给他留下了美好的回忆。京都市民因此逃过了这一劫。我宁愿相信这句话是玩笑之言。

　　看完这部电影最后一个体会,奥本海默不是神,不是普罗米修斯。

• 野菊花

向前走，莫回头

大年三十的晚上我是在鄂西北一个小县城里度过的。夜幕刚刚落下，我就来到当地有名的民俗文化村，想感受一下不同于大城市的春节气氛。文化村面积很大，有点儿像迷宫。小桥、流水，商铺、广场、雕塑、舞台、酒吧，应有尽有，连厕所门前都摆了个卖糖葫芦的小摊子，与其说是个文化村，倒不如说是个商业街。当然，这没什么不好。不谈买卖，只谈情怀，也持续不下去，就像女人涂脂抹粉，只要有度就不会招人厌。

我被熙熙攘攘的人群裹挟着往里走，对一个个站在自家商铺前叫卖的店员视而不见。不一会儿，就有人硬往我手上塞个气球什么的，这也阻止不了我前行的步伐。一声吆喝传过来："最后一场……最后一场……只有五分钟了……只有五分钟了。"我没有抵住好奇心，循声走了过去。只见一家茶馆门前，一个穿长袖大褂的汉子站在台子上正扯着嗓子喊，边喊边向四周张望。台下有七八张圆桌，每张桌子周围放着四五把藤椅，桌子上面摆着茶壶和菜单。聚集的人越来越多，但都只是在一旁围观，谁也不入座。大概这种消费陷阱太司空见惯了吧？凡事皆有例外，我边寻思着边挤了过去，看了看茶水单，一杯茶 28 元，花这个价钱看个演出，不算贵嘛，更何况还可以免费续杯，于是我不再犹豫，选了个靠前的位子坐下来。等开场的时候，我环顾四周，发现其余的位子也满了。

　　台上表演的是货真价实的传统艺术，变脸、吐火、茶艺、书法等。最让人印象深刻的当数川剧的"变脸"，台上的演员不得不说有两把刷子，只要他手上的扇子一抖，瞬间就换了一张脸，有怒目圆睁的孙悟空，慈眉善目的花和尚，还有恐怖阴森的吊死鬼……整个动作一气呵成，让人目不暇接，台下观众连连叫好。演员一时兴起，还下台和观众击掌互动，现场气氛十分热烈。接下来的吐火、茶艺表演，演员没有太出彩的表现，演出过程波澜不惊，偶尔才出现稀稀落落的掌声。演出快结束了，没遇见任何强制消费，商家靠什么赚钱？这个谜团一直压在我的心底，直到最后一个节目。压轴戏是书法表演，一个鹤发童颜的老者在主持人毕恭毕敬的引导下，走到台前。主持人对着台下的观众神神秘秘地说："下面是本场演出最后一个节目，也是今晚的保留节目，著名的书法大师陈某某特地从北京过来现场表演书法艺术，请大家以热烈的掌声欢迎！"剩下的情节就很老套了，无须细讲，结果就是包括我在内的几十个观众花了几百元买了大师的艺术作品，家里的某个角落又多了一件大师级的收藏品。

　　人永远不知道自己真正想要什么，这钱花得心甘情愿，结局也合情合理。

　　继续往前走，我又买了据说是正宗的羊肉串，正宗的老酸奶，还有传统工艺酿造的正宗米酒，不能光顾着艺术享受，

• 野菊花

肚子也得接点地气。等肚子填得差不多了，我来到了一个大广场。这里正进行着篝火表演。黑压压、密密麻麻的人群围着一个大舞台，舞台中间架着一个大火堆，上面燃烧着熊熊烈火。台上有三五个年轻人在火堆边手舞足蹈。他们脸上涂着五颜六色的油彩，口中念念有词，现场人声鼎沸，虽然有环绕音响，除了隐隐约约听见"气吞山河兮""乘六蛟兮"等拖着长音的咏叹外，听不清他们念什么。退场的人越来越多，毕竟这种阳春白雪，能欣赏的人是少数。好在未等耗尽观众的耐心，场景又从远古回到了现实。女主持人用亲切、热情的口吻对着全场大声喊道："让我们一起用最劲爆的舞蹈迎接新年，好不好？"欢呼声雷动。舞台上演员们跳起了时下最流行的舞蹈。伴随着强劲的节拍，演员们欢快地拍着手，扭动着腰，台下的人不由自主受到了感染，纷纷随之起舞，老的、少的全都跳了起来，千姿百态。大家围着篝火转着圈，火光照在每个人的脸上，像是涂了一层厚厚的、红彤彤的油彩。

美好的时光总是短暂。我拖着微微出汗的躯体往外走。好久没有这么畅快淋漓了。没等我从兴奋中回过神来，我就遇到了一个难题，我发现我站在一个路口，我记不清来的方向，也不知道该往哪儿走了。身旁的人个个表情坚定、从容，他们来来往往，只剩下我一个人在那里茫然失措。等了好大一会儿，我回过神来，正打算开口向路人求助的时候，在人流缝隙中我看到了一个小牌子，上面忽隐忽现的几个字，看似平常却像一道闪电瞬间击中了我。我在确信没看花眼后，匆忙跑了过去。这个牌子挂在路旁的一棵大树上，上面的字不大，写得方方正正的，一点也不醒目，估计很少有人注意到它。但是，我注意到了，或者我更愿意说，是它等到了我，它就像一个老朋友似的早就在那里等着我——在这个农历年最后的夜晚，它恰逢其时地出现在迷途中的我面前，看起来如此自然，如此亲切，如此友善，还有比这更深厚的情意吗？

"向前走，不要回头！"这句话照亮了我前行的路，它将我带回了家，引领我跨入了崭新的一年。

黄金日

2023 年 10 月初稿于武汉

邮箱：hjr2508@163.com